서문

태초에 무(無)의 상태에서 여섯 개 특이한 물체가 떠돌고 있었다. 그것들은 강력했지만 형태는 없었다. 그러다 우주에 생명이 출현해 굉음을 내며 실존의 형태를 띠게 되면서, 이 여섯 개 특이한 물체도 돌의 형태로 거듭났다. 이름하여 인피니티 스톤. 각각의 돌은 우주의 고유한 특성, 즉 공간(Space), 시간(Time), 정신(Mind), 현실(Reality), 힘(Power), 영혼(Soul)을 상징하게 되었다. 그리고 우주로 뿔뿔이 흩어져 강력한 존재들의 수중에 들어간 다음 그들의 문명 지배 수단으로 이용되었다. 지금까지 인피니티 스톤을 손에 넣은 자들은 많았지만 여섯 개 스톤을 모두 가진 이는 단 한 명도 없었다.

지금까지는 그랬다.

차례

인피니티 스톤의 비밀 01

인피니티 스톤의 비밀 01

1판 1쇄 발행 2018년 4월 23일

지 은 이 브랜던 T. 스나이더
옮 긴 이 김세은
감   수 김종윤(김닛코)
펴 낸 이 하진석
펴 낸 곳 ART NOUVEAU
주   소 서울시 마포구 독막로 3길 51
전   화 02-518-3919
I S B N 979-11-87824-22-0 04840

ROAD TO AVENGERS: INFINITY WAR

MARVEL

AVENGERS
INFINITY WAR

THE COSMIC QUEST

인피니티 스톤의 비밀 01

브랜던 T. 스나이더 지음 **김세은** 옮김

Chapter

1

"카리나! 당장 이리 와!" 콜렉터가 소리쳤다. 걸걸한 목소리가 그의 박물관에 쩌렁쩌렁 울려 퍼졌다. 콜렉터는 작업대에서 깜박 잠이 들었다 막 깼는데 꿈자리가 영 뒤숭숭했다. 또 그 꿈이었다. 참으로 힘든 한 주를 보내고, 자신의 기억을 기록하다가 그만 꾸벅꾸벅 졸고 말았다. 콜렉터는 요즘 들어 지겨워 죽을 정도로 자신에게 일어나는 일들을 되새기고 또 되새기고 있다. 그때 젊은 여성이 발을 질질 끌며 느릿느릿 작업실로 들어왔다. 큰 키에 머리는 홀러덩 벗겨졌고 몸은 수척했다. 주바즈족의 여느 여성들처럼 새파란 피부는 은은한 광채가 도는 자잘한 비늘로 덮여 있었다. 여자는 몸에 꽉 끼는 은색 슈트를 입고 있어 거동이 불편했다. 고치 속에 갇힌 누에 같은 기분이 자주 들었다. 하지만 콜렉터가 다른 옷은 절대 못 입게 했다. 방으로 들어오던 여자는 주인의 심기를 건드린 걸 알고는 얼굴을 찌푸린 채 혼날 각오를 하고 있었다.

"잠시라도 졸면 깨우라고 얘기했을 텐데." 콜렉터는 한숨을 내쉬었다. "내가 너무 많은 걸 요구했나?"

"아닙니다, 주인님. 잘못했어요. 정말 죄송합니다." 여자는 콜렉터의 노예였다. 여자는 크고 붉은 눈을 깜박거렸다. 사실 눈이 몹시 어둡기도 했다. "요새 제대로 못 주무셨잖아요. 잠깐이라도 눈

붙이시는 게 좋겠다고 생각했거든요."

"네가 '생각'을 했다고?" 콜렉터는 섬뜩한 기분이 들어 되물었다. "생각한다고 돈을 더 주진 않아."

"언제는 주셨나요. 그래도 괜찮아요! 주인님으로 모시는 것만으로 행복한걸요." 여자는 온종일 쫄쫄 굶은 상태였다. 개인 시간도 없이 격무에 치여 지내는지라 흔히 있는 일이었다. 그래서 눈에 초점이 잘 안 맞고 어질어질했지만 애써 그런 모습을 감추려 했다. "제가 뭘 했는지 아시면 좋아하실 거예요. 주인님께서 쉬시는 동안에 박물관에 있는 식물에 물을 줬어요. 외계 식물 중에 영양 상태가 심하게 부실한 것들이 있더라고요. 잘 안 돌봐주면 시들어서…."

"죽는다고? 알고 있어." 콜렉터는 여자의 말을 끊고 툴툴거렸다. "내가 당연히 알고 있을 거란 생각은 못했나?" 하며 주먹으로 작업대를 쿵 내리쳤다. 그렇게 잠깐이라도 잠이 들면 콜렉터는 으레 짜증을 부리곤 했다.

"그럴 수밖에요, 주인님. 저는 너무 멍청한걸요. 부디 한 번만 더 절 용서해주세요." 여자는 고개를 숙였다. "그리고 한 가지 더 꼭 부탁드릴 게 있는데, 제 이름은 카리나가 아니고 킬란이에요."

콜렉터는 잠시 여자를 응시했다. 이름을 알고는 있었다. 하지만 이름 따윈 중요치 않았다. 그저 노예일 뿐. 오로지 주인을 위한 존재들이다.

"내가 부르고 싶은 대로 부를 거야." 콜렉터는 눈을 비비며 경멸하듯 말했다. "다시는 내게 이래라저래라 하지 마."

킬란은 눈을 찌푸렸다. 화가 나지만 꾹 참아야 하기에 여자의 얼굴엔 굴욕감 섞인 미소가 흘렀다.

"또 악몽을 꾸셨나요?"

"내가 꿈 얘기는 절대 하지 말라고 했을 텐데!"

콜렉터는 호통을 치고는 한쪽 얼굴을 쓱 만지더니 온 얼굴이 침으로 범벅이 된 걸 깨닫고는 당황해서 잽싸게 손등으로 닦아냈다.

"쳐다보지 마!"

콜렉터는 외투 주머니에서 손거울을 꺼내 들고 자기 얼굴을 노려봤다. 안색은 누렇게 떠 있고 눈은 퀭했다. 진홍색 외투에 달린 하얀 털 장식은 때에 찌들어 지저분했다. 지난날의 패기는 더는 찾아볼 수 없었다.

"제가 도와드릴게요, 주인님. 꼭 그러고 싶어요." 킬란이 말했다. 여자의 목소리는 나긋나긋 생기가 돌고 눈은 반짝반짝 빛났다. "제가 어떻게 하면 이토록 위대하고 강력한 주인님을 잘 모실 수 있을까요?"

"마실 거나 한 잔 가져오고 날 좀 혼자 있게 내버려 둬. 내 존재 상태를 계속 기록해야 하거든."

콜렉터는 손으로 킬란을 획 쳐서 내쫓았다. 킬란이 고개를 끄덕이고 황급히 걸어 나가는데 이번에는 신발이 바닥에 툭툭 끌리는 소리가 콜렉터를 성가시게 했다. 그를 미치게 하려고 작정하기라도 한 걸까?

콜렉터는 안간힘을 다해 작업대에서 몸을 일으켜 세우고는 한때 화려했던 박물관을 쓱 훑어봤다. 그가 자기 자신을 위해 건립했던 웅장한 동물원의 모습은 온데간데없었다. 박물관은 쑥대밭이 되어 있었다. 순간의 부주의로 일어난 '사건' 때문에 건물이 송두리째 무너져버렸고 모든 것들이 어그러졌다. 슬픔과 분노가 복받친 콜렉터는 천장을 올려다보다가 움찔 놀라고 말았다. 시꺼멓게 그은 천장은 재가 되어 우수수 쏟아져 내리고 있었다. 그 사이로는 녹아내린 전선들이 너덜너덜 매달려 있고, 바닥에는 여기저기 파편이 널려져 있었다. 지난날 신기한 액체들이 가득 담겨 있던 관들은 바짝 메말라 갈라져 있었다.

무기고는 어찌 됐을까? 약탈당하고 말았다. 은하계에서 가장 위협적인 무기들이 몽땅 사라졌다.

콜렉터의 기상천외한 동물원은? 폭삭 무너졌다. 그리하여 미지의 세계에서 데려온 생물체들이 죄다 소실되거나 탈출해버렸다.

모든 것이 절망적이었다. 해도 해도 너무했다. 콜렉터는 애타는 마음을 떨쳐내고 다시 자리에 앉았다. 해야 할 일이 있었다. 심기일전해서 처음부터 다시 시작하면 원상태로 되돌려놓을 수 있으리라 믿었다.

콜렉터는 작업대 위의 육각형 디스크를 쳐다보고는 툭 눌렀다.

박물관을 꽉 채우는 자신의 목소리를 들으니 어느새 마음이 편안해졌다.

"내 이름은 타넬리어 티반. 어떤 이들은 날 보고 괴짜라 하지. 흠, 그럴 수 있어. 한 가지 분명한 사실은 말이지, 내가 좋은 사람은 아니란 거야. 그렇게 되고 싶은 생각도 없어. 그냥 살아남은 자라고나 할까. 길고 긴 세월을 살아오면서 이 우주가 여러 형태로 바뀌는 걸 목격했어. 원하기만 하면 어떤 존재든 지배할 수 있었지. 지배자가 되기 위해 시간과 에너지를 쏟았어. 신념도 얼마나 단단했는지 몰라. 하지만 그게 다였다면 나 타넬리어 티반이 아니지. 내가 그토록 죽고 못 사는 권력은 말이야, 온 우주를 통틀어 가장 인기 있는 아이템을 축적해서 나온 거였어. 사실 내가 이뤄낸 업적 중에 가장 위대한 업적이었지. 아득한 우주 저 멀리에 있는 온갖 유물과 생물체들을 수집해서 경이로운 박물관을 건설했어. 세상에 둘도 없는 골동품이라든가, 기이한 외계 생명체, 진기하기 그지없는 아이템들이 모두 내 소유였다고. 그것들 모두 내가 거래를 해서 사들인 거였어. 내 전용 화폐나 마찬가지였지. 과거 우주에서 귀중하게 여겨졌고, 현재에도 귀중한 것들이라면 당연히 내게도 소중하거든. 어떤 이들은 주변에 있는 생명체들과 교제하고 그것들과 관계를 구축하면서 만족감을 얻곤 하지. 난 그런 부류는 아니야. 난 물건에 대한 욕망이 있어. 그것들은 내 삶의 활력소이고 내 존재의 이유야. 또 나만의 세계에 의미를 불어

넣어줘. 내게 물건들이 없다면 성취할 목표도 사라질 거야. 물건은 말이지 우리가 남겨놓은 것들의 집적체야. 우리의 이야기가 깃든 우리의 유산인 셈이지. 생명체는 언제나 우리를 실망시키기 마련이지만 물건은 잘만 보존하고 관리하면 영원토록 우리 곁에 남아 있어. 내가 물건을 수집하는 이유, 일명 콜렉터로 알려진 이유도 바로 이 때문이야."

콜렉터는 녹음을 멈췄다. 킬란이 널찍한 쟁반에 펠치 주스 한 잔을 갖고 들어왔다. 콜렉터가 제일 좋아하는 음료로, 펠치라는 외계종 순무(지각 능력이 있는 식물-옮긴이)로 만든 거였다. 콜렉터는 쟁반에서 잔을 휙 집어 들고는 사나흘 식음을 전폐한 사람처럼 벌컥벌컥 들이킨 후 노예를 쏘아보며 물었다. "너무했나? 너무 노골적이었나? 사실대로 말해."

킬란은 순간 얼어붙었다. 여자는 주인이 진실을 말하라고 요구할 때마다 온몸이 경직되곤 했다. 항상 덫이 놓인 질문 같았다. 그래서 그런 상황에서 머뭇대지 않고 재깍 대처하기 위해 외교적인 답변 몇 가지를 준비해두면 좋다는 걸 경험으로 터득하고 있었다.

"혼잣말하시는 걸 엿듣는 건 예의가 아니라고 생각합니다."

"옳지, 잘했어."

그의 시험을 통과한 거였다.

"너도 잘 알겠지만, 내가 꾸는 악몽은 미래를 예견하는 꿈들이야. 암, 그렇고말고. 일전에 우주 속으로 빨려 들어가는 꿈을 꿨지 뭐야. 그래서 메모리 디스크에 내 일대기를 기록해두기로 했어. 일종의 개인 타임캡슐인 셈이지. 이 우주가 나란 존재를 두고두고 영원히 기억할 수 있게 나에 대해 기록해두는 거야. 철통 보안이 되는 이 자그만 기록 장치에 내가 살아온 이야기며 심중의 깊은 생각들을 빠짐없이 넣어뒀어."

콜렉터는 육각형 디스크를 다시 눌러 전원을 껐다.

"이제부터는 힘과 호기심의 균형을 찾으려고 노력할 거야. 그런 데 이 정도로 나란 존재를 온전히 소개한 것 같지는 않아. 지금까지 열 번도 더 녹음했는데, 내 화려한 일대기를 총망라하기에는 어딘가 석연치가 않군."

콜렉터는 다시 작업대에서 일어나 서성거렸다. 그러면 생각이 잘 떠오르곤 했다. 어쩌면 그렇게 믿었는지도 모른다. 킬란의 시선이 콜렉터를 따라갔다. 콜렉터는 일렬로 늘어선 텅 빈 우리와 전 시대 사이를 거침없이 잘도 지나갔다. 절대 쉬운 일이 아니었다. 그도 그럴 것이 온통 휑하고 암흑천지여서 윤곽만 어렴풋이 드러날 뿐 뭐가 뭔지 분간하기 어려웠기 때문이다.

"찾으시는 거 있으시면 도와드릴까요?" 킬란이 말했다.

콜렉터는 깡그리 무시했다. 실은 뭘 찾는 게 아니라, 뭘 잃어버렸는지 살피는 중이었다. 잃어버린 게 많았다. 하나둘 연이어 텅 빈 우리가 보이자 마음속은 후회로 채워져 갔다. 콜렉터는 잔뜩 녹이 슬어버린 창살 틈새로 한쪽 손을 넣고 앞뒤로 휘휘 저으면서 한숨을 푹 내쉬었다. 본인 소유의 티반 그룹(Tivan Group)을 통해 우주에 있는 갖가지 희귀하고 진기한 아이템을 수집했었던 콜렉터가 아니었겠는가. 이곳에서는 각 항성계에서 온 외계인들이 늘 장사진을 치고 있었다. 그들은 고색창연한 유물이나 괴상한 야수를 비롯해 콜렉터가 좋아할 만한 것들은 뭐든지 팔려고 했다. 어느새 콜렉터는 업자와 상인들이 활동하는 은밀한 지하 거래 조직의 일원이 되어 있었다. 개중에는 탐탁지 않은 자들도 있었지만 비즈니스의 한 부분으로 감수해야 했다. 그러다 광산 행성에 있는 어느 후미진 집단 거주지에 판매점을 개설해 그들과 함께 일하는 법을 터득하기에 이르렀다.

그런데 그날 '사고' 후로 콜렉터의 입지에 변화가 왔다. 그동안 잘 협력해오던 많은 조직원이 그를 물로 보기 시작했다. 한물간 그와는 아무도 거래하려고 하지 않았다. 급기야 박물관을 재건하려다가 재원이 바닥나고 말았다. 파산하기 일보 직전인데도 콜렉터는 계속 새로운 물건들을 사들였다. 그는 무슨 속내인지 알 수 없으나 항상 뭔가를 꾸미고 있었다.

"주인님의 박물관이요, 다시 전성기를 맞이할 거예요." 킬란이 말했다.

"나도 안다고!"

콜렉터는 킬란의 밑도 끝도 없는 긍정적 태도에 짜증이 확 치민 나머지 빈 우리의 빗장을 부여잡고는 있는 힘껏 쥐어짰다. 아귀힘을 어찌나 썼는지 온몸이 부르르 떨렸다.

"아무렴, 그렇게 되고말고."

콜렉터는 속으로 넋두리를 늘어났다. '하긴 킬란, 네 주제에 내가 무슨 일을 겪었는지 알기나 하겠어. 내가 얼마나 큰 손해를 봤는지 어찌 알겠냐고. 내가 창조한 건 단순한 박물관이 아니야. 예술적인 공간이었단 말이야. 그런데 아뿔싸, 몰상식하고 괘씸한 행동 때문에 각고의 노력이 담긴, 천 년의 가치가 녹아든 업적이 눈 깜짝할 사이에 파괴된 거야. 내게 삶의 의미를 줬던 것들이었는데 잃어버리다니. 그나마 남아 있는 것들도 복구가 안 될 만큼 심하게 망가졌어. 내세울 거라곤 쥐뿔도 없는 처량한 신세가 됐는데, 이런 날 보고 백치처럼 실실 쪼개고 있다니!'

콜렉터는 빗장에서 손을 풀고, 잠시나마 노여움을 거두었다.

"신세 한탄을 하는 것도 이제 신물이 나는군. 어서 정신 차리고 다시 집중해야지. 킬란, 뭐든 얘기 좀 해봐. 희망을 심어줘. 어렸을 때 주바즈족들과 지낼 때 행복했던 기억 없어? 계속 이렇게 축 쳐져서 흐리멍덩하게 있을 순 없지. 무기력의 늪에서 끌어내 줄 이야기를 듣고 싶군."

킬란은 한동안 잠자코 서서 골똘히 생각에 잠겼다. 어느새 얼굴에 화색이 돌더니 "음, 한 가지 있기는 한데요." 하고 말문을 열었다.

"아시겠지만 저희 집은 지극히 평범했어요. 농사를 지었지요.

도시에서 아주 멀리 떨어져 살았고, 필요한 모든 것을 주변에서 구해서 살았어요. 정말로 딱 그만큼만 필요했죠. 부모님은 언니랑 저를 당차고 다부지게 키우려고 하셨어요. 맞다, 똑똑하게도요. 그런데 아시다시피 제 머리가 가끔 버벅대기는 해요. 기나긴 학교 수업이 끝나면 형제자매들과 들판에서 뛰어놀았어요. 드디어 해방됐다는 생각에 어찌나 기뻤는지 몰라요. 아 참, 비! 저희가 비를 끔찍이 좋아했거든요. 도랑 가득 빗물을 채우고는 팔이 떨어져 나갈 때까지 물장난을 쳤답니다."

그러다 여자는 입술을 파르르 떨더니 훌쩍거렸다. 최근에 주바즈족의 터전이 어떤 정체 모를 불가사의한 힘 때문에 폐허가 됐다는 소식을 들었던 까닭이었다. 다른 자세한 소식은 알 길이 없었다. 가족의 행방도 오리무중이었다. 행여 가족에게 무슨 일이라도 생겼을까 생각하니 마음이 찢어지는 듯 아팠다.

"가족들이 보고 싶어 죽겠어요. 매일매일 생각해요. 하루도 안 빠지고요."

참았던 눈물이 왈칵 쏟아졌지만 킬란은 소리를 내지 않으려고 이를 악물었다.

콜렉터는 허공에 손가락을 휘저으며 그만두라는 시늉을 했다. "됐네, 됐어, 그만." 그는 고개를 저었다. "당장 멈춰. 우리 박물관에선 횡설수설도 금지지만 질질 짜는 건 절대 금지야."

킬란은 눈물을 훔치고 숨을 크게 내쉬었다. 그러자 얼굴에 있던 감정들이 온데간데없이 사라졌다.

"잘 알겠습니다, 주인님."

여자는 콜렉터를 응시하고 다음 지시를 기다렸다.

콜렉터는 기분이 영 언짢았다. 그는 작은 통에서 주황색 거품이 부글부글 넘치는 걸 발견하고는 그리로 다가갔다.

"업무 점검을 할 때가 됐군."

콜렉터는 통 가장자리에 손가락을 갖다 대고는 손가락 끝으로 천천히 훑었다. 눈은 계속 킬란을 응시하고 있었다.

"먼지투성이로군. 뭐라고 변명할 텐가?"

킬란은 침착하려고 안간힘을 썼다.

"잘못했으니 부디 한 번만 더 용서해주세요, 주인님. 주인님께서는 주인님 소유의 이 아름다운 박물관이 항상 새것처럼 깨끗해야 한다고 하시는데 사실 그렇게 유지하기가 쉽지 않답니다. 아시다시피 주인님의 귀빈들이 오시면요, 옷에 미세한 먼지들이 묻어 있고 그게 또 공기 중에 모여서 우리가 못 보는 사이에 박물관 곳곳에 흩어지거든요. 여행을 많이 하는 남자분들이며, 방랑객분들, 고위 탐험가분들은요, 몸에 우주 먼지를 달고 오세요. 우리 우주가 그분들 몸에 찰싹 붙어 있는 셈이지요…."

"내가 언제 먼지의 역사를 물었나?"

콜렉터는 킬란의 말을 가로채며 된통 호통을 쳤다.

"잔말 말고 청소나 해. 구석구석 쓸고 닦아. 다 끝나면 또 다른 임무를 주지. 참, 방랑객들이라고 했나? 돈 몇 푼에 눈이 어두워서 가족까지 팔아넘기는 순 도둑놈에 구제 불능들이야. 그런 놈들을 영웅 취급하다니. 내가 그놈들을 상대하고 싶어서 하는 줄 알아? 어쩔 수 없이 '해야 하니까' 하는 거야. 명심하도록."

킬란의 눈꺼풀이 파르르 떨렸다. 애써 미소를 지어 보였지만 기분이 상한 얼굴이었다. 여자는 한쪽 다리를 뒤로 빼 무릎을 구부리고 허리를 굽혀 절했다.

"네, 콜렉터 님. 그럼 좀 이따가 오겠습니다."

킬란이 청소 장비를 가지러 가자 콜렉터는 다시 작업대로 왔다. 파손된 공구며 지도, 잡동사니들이 어지럽게 널려 있었다. 그걸 보니 다시 기억이 스멀스멀 떠올라 억장이 무너졌다. 마음을 다잡고 일생일대의 과업, '인피니티 스톤'에 몰두해야겠다는 생각이 불끈 솟았다. 콜렉터가 평생 그처럼 욕심을 냈던 것도 없었다. 정말 기상천외한 물건이었다. 우주에 생명이 출현할 때 탄생해 에너지 융합도 됐지만 그걸 조종할 수 있는 이는 거의 없었다.

인피니티 스톤.

빨간색의 **리얼리티 스톤**은 현실을 자유자재로 조작하는 능력이 있다.

노란색의 **마인드 스톤**은 사용자에게 정신을 무한대로 조종하는 능력을 준다.

파란색의 **스페이스 스톤**은 사용자에게 공간을 눈 깜짝할 사이에 이동하는 능력을 준다.

초록색의 **타임 스톤**은 사용자에게 시간을 마음대로 조작하는 능력을 준다.

보라색의 **파워 스톤**은 가공할 체력과 내구력, 파괴력으로 사용자의 능력을 향상시킨다.

주황색 **소울 스톤**의 능력은 수수께끼로 남아 있다.

인피니티 스톤은 제각기 굉장한 능력을 갖고 있었고 하나로 모이면 천하무적이 됐다. 콜렉터가 세상 그 무엇보다 탐내던 것이었다. 한때는 이것들을 입수하는 것이 유일한 목표였다. 그러던 차에 상황이 달라졌다. 아니, 비극이 발생했다. 그 후로 콜렉터에겐 스톤을 찾아다니는 것만이 삶의 유일한 위로가 됐다. 꽤 신출귀몰한 스톤들이었지만 추적하는 과정이 나름 재미있었다.

"킬란!" 콜렉터가 외쳤다. "무슨 얘기 못 들었어?"

뜬구름 잡듯 묻는 걸 보니 뭔가 또 시험할 모양이었다. 콜렉터는 대충 말해도 노예가 의중을 정확히 파악하는지 알아보고 싶어 했다. 아마도 그럴 것이다. 늘 그랬으니까. 킬란이 비록 단순하긴 해도 바보는 아니었다.

양손 가득 청소 용품을 들고 황급히 들어온 킬란은 좀 더 분명하게 질문해주길 바라며 콜렉터를 바라봤다. 그런데 콜렉터는 그냥 웃기만 했다. 킬란은 뭐가 뭔지 혼란스러워 몸을 바르르 떨었고 이마엔 땀방울이 송골송골 맺혔다.

"어, 글쎄요, 무슨 말씀인지 잘 모르겠어요." 킬란은 몸을 휘청이듯 흔들었다. "제가 무슨 소리를 들어야 했는지 물어보신 건가요, 주인님? 여쭤봐서 죄송해요. 용서해주세요. 주인님이 뭘 원하시고 요구하시는지 훤히 꿰뚫고 있어야 한다는 걸 잘 압니다만, 너무 많아서요. 일지에서 정답을 찾아봐도 될까요?"

"일기장 나부랭이 본다고 도움이 되겠어?" 콜렉터는 고함을 쳤다.

"아닙니다. 일기는 안 써요. 또 그런 식으로 제 사적인 기록을 공개하지도 않습니다. 제가 쓰는 건 일지입니다. 주인님을 위한 거죠. 주인님께서 뭘 좋아하고 싫어하시는지, 관심사는 무엇인지 빠짐없이 기록해뒀어요. 분부하시는 것들이 상당히 주기적으로 돌아가기에 제 나름대로 예측해서 시간표로 정리해봤어요. 질문에 만족스러운 답을 드릴 수 있도록 미리미리 준비하고 있는 거지요."

"참으로 획기적이면서도 유별나군."

"얼마나 유용한데요!" 킬란은 활짝 웃었다.

"이토록 중차대한 시기에 아직 '아무것도' 못 들었다고?"

킬란은 당황해서 꿀 먹은 벙어리가 되었다. 주인의 질문에 속수무책인 자신의 모습에 좌절감이 확 밀려왔지만 행복한 표정을 지으려고 안간힘을 썼다.

"인피니티 스톤 말이야." 콜렉터가 속삭이듯 말했다. "행방에 대해 뭐 좀 들은 거 있나?"

킬란은 안도의 한숨을 내쉬는가 싶더니 순식간에 낯빛이 어두워지며 단호히 답했다.

"아무 변화도 없었습니다, 주인님. 현재로서는 신빙성 있는 단서가 전혀 없습니다."

킬란은 인피니티 스톤 얘기를 할 때면 늘 신중을 기했다. 언제부턴가 콜렉터는 킬란에게 스톤 얘기를 좀처럼 꺼내지 않았다. 밤중에 묘약을 복용한 이후부터였다. 그렇지만 스톤에 대한 열정이 여전히 활활 불타오르는 걸 잘 아는 킬란은 한편 겁이 났다. 공연히 잘못된 정보를 주어 일을 그르쳤다가는 자신을 절대 용서하지 않을 테니까. 어쩌면 더 끔찍한 상황도 가능했다.

콜렉터는 "그래. 잘 알겠어." 하고는 곧바로 불안한 기색을 띠었다. "최근에 재고 조사 언제 했지, 킬란?"

"오늘 아침에 했습니다. 매일 하는 일인걸요."

"다시 해." 콜렉터가 명령했다.

킬란은 바닥에 청소 도구를 한가득 쌓아둔 채로 고개를 끄덕이고 서둘러 나갔다.

콜렉터는 서재로 가서 '생각하는 의자'에 몸을 맡겼다. 누가 봐도 제법 큼직한 크기의 낡고 오래된 의자였다. 세월의 흔적을 말해주듯 붉은 벨벳으로 된 등받이와 시트 부분이 납작해져 있었다. 한두 군데 얼룩도 묻어 있었다. 콜렉터가 태어나 처음으로 구입한 물건들 중 하나였다. 애정을 보이기도 했는데 특별히 편해서가 아니라 왕좌를 닮았다는 이유에서였다. 콜렉터는 마치 왕이 된 기분을 느낄 수 있어서 그 의자에 즐겨 앉았다.

인피니티 스톤과 관련해 희소식이 들려오기를 내심 바라고 있었다. 혹시나 했는데 역시나, 감감무소식이었다. 한때는 은하의 밀수꾼들이며 밀거래자업들이 구름떼처럼 몰려들어서 스톤과 그 행방에 대한 최신 정보를 서로 주고받던 시절이 있었다. 대개는 허탕으로 끝났지만 간간이 알짜 정보도 있었다. 어떤 단서대로 추적해 신뢰할 만한 결과가 나오면, 단서를 제공한 사람에게 후한 보상을 해줬다. 모두 콜렉터에게 사업 자금이 두둑하던 시절의 얘기였다. 이제는 어디서든지 스톤 관련 정보를 얻을 수 있게 됐지만, 콜렉터는 기존에 알고 지내던 암흑가 큰손들과의 관계를 지속하고 있었다. 당장에 집을 유지할 돈이 없었던 터라 남아 있는 소유물의 상당 부분을 헐값에 팔아넘길 수밖에 없었다. 이별은 상상조차 못 했던 물건들이 말도 안 되는 가격에 넘어가고 말았다. 그렇게 간신히 생계를 이어갔다. 그런 상황에서도 인피니티 스톤을 소유하고 말겠다는 일념만큼은 버릴 수 없었다. 그러려면 시간이 필요했다. 자원도, 돈도 필요했다. 지하에 보관 중인 잔다르 불더 크러셔를 팔아버릴까도 했지만 결국 접었다. 희소성이 높은 데다 더는 매물로 나오지 않는 생물체였다. 거대한 뱀이었는데 이걸 암시장에 내놓으면 떼돈을 벌겠지만 절대 떠나보내고 싶지 않았다. 그것 말고도 박물관의 화려했던 옛 명성을 되찾아줄 방법이 분명히 있긴 할 텐데 뭔지 모르고 있는 상태였다.

와장창!

"주인님!" 킬란이 비명을 질렀다. 혼을 쏙 빼놓을 정도의 괴성이었다. "도와주세요! 어서 빨리 도와주세요!"

킬란은 온 박물관을 질주하며 뭔가를 맹추격하고 있었다.

콜렉터는 처음에 꿈쩍도 하지 않았다. 그러던 순간 생각하는 의자 밑에서 기다란 촉수가 스르르 기어 나와 사납게 꿈틀거리기 시작했다. 숨을 곳을 찾는 모양이었다. 부리나케 서재로 들어온 킬란은 촉수를 때려잡을 생각에 빗자루로 촉수의 꽁무니를 후려쳤다.

"썩 꺼져!"

콜렉터는 소리를 질러 킬란을 물리치곤 의자 밑으로 손을 뻗어 촉수를 꽉 움켜잡았다. 그리고 서서히 비틀어 항복하기를 기다렸다. 촉수는 고통에 몸부림쳤다. 콜렉터의 손이 끈적끈적한 보랏빛 액체로 범벅이 됐다. 킬란에겐 참으로 감격스럽고도 충격적인 장면이었다.

콜렉터가 옆에 있는 사각 통을 가리키며 말했다. "그거 좀 갖고 오지?"

그 통에 괴생명체를 밀어 넣는 걸 보며 킬란은 식겁해서는 몸서리를 쳤다. 콜렉터는 통을 꽉 닫고 괴생명체가 흐물흐물 맥없이 늘어지는 걸 확인했다. 킬란은 수건을 한 움큼 집어 와 점액으로 범벅이 된 주인의 손을 닦았다.

"킬란, 여기 좀 앉아봐."

콜렉터가 나긋나긋한 목소리로 말하며 킬란의 체구의 반의반밖에 안 되는 아주 작은 그루터기 의자를 밀어주었다. 아주 오래전 트롤 식민지에서 발견한 것이었다. 킬란이 그 큰 몸집으로 걸터앉으니 삐걱대는 소리가 났다.

"있잖아, 뭐 하나 부탁해도 되겠나?"

콜렉터는 한참 뜸을 들이더니 숨을 고르고 다시 말을 이었다. "내가 방금 촉수랑 왜 사투를 벌어야 했는지 설명 좀 해줄 수 있을까?"

"주인님께서 시키신 대로 재고를 조사하려던 참이었습니다. 먼저 지각 촉수류부터 세어보는 게 좋겠다고 판단했습니다. 테라리엄이 너무 넓어서 잘들 숨어 있거든요. 정확히 몇 마리가 있는지 파악하기가 어렵습니다."

"그래도 킬란, 우리가 가진 지각 촉수가 딱 한 마리밖에 더 있니. 일주일 전에도 실수로 두 마리 풀어준 거 기억 안 나?"

킬란의 입이 헤벌쭉 벌어졌다. 그 사고에 대한 기억이 뇌리에서 떠나 있었다. "아 참, 그러네요. 그 사실을 잊고 있었습니다." 여자가 조심스레 답했다.

"계속해봐." 콜렉터가 부드럽게 말했다.

"실은 테라리엄 유리에 기대 있었는데 테라리엄이 산산이 부서지는 바람에 촉수가 탈출해 박물관을 사방팔방 헤집고 다녔어요." 킬란은 금방이라도 울음을 터뜨릴 것 같았다. 그러다가 웬일인지 기쁜 표정으로 돌변했다.

"하지만 기적이 일어났답니다! 주인님께서 영웅처럼 용맹하게 싸우셔서 '우주 신비의 수호자'라는 옛 명성을 되찾으셨기 때문이에요! 야수를 맨손으로 때려잡으셨고, 저는 감사한 마음으로 승리에 빛나는 주인님 손을 깨끗이 닦아드렸죠. 주인님의 힘은 정말 경이로움 그 자체였습니다. 촉수를 향해 위력을 발휘하셨지요. 그런 광경을 목격한 것만으로도 제겐 영광이었습니다."

콜렉터는 부글부글 부아가 끓어오르다가도 킬란이 찬사를 늘어놓으면 어느새 차분해지곤 했다. 이번에도 그랬다. 킬란은 딱 꼬집어 설명할 수 없는데 왠지 재미있고 매력적이었다.

"고맙군."

콜렉터는 촉수가 든 통을 선반에 올려놓았다. 그 순간 아끼는 보물 하나가 없어진 걸 발견하고 소리를 쳤다.

"내 도타키 해골 어디 갔어?"

킬란이 더듬대며 말했다. "저… 제가… 오늘 아침 재고 조사할 때 맨 먼저 그것부터 했는데 그때는 거기 있었어요. 분명히 있었습니다. 똑똑히 기억해요."

"온통 못으로 뒤덮인 그 거대한 검은 해골이 제 발로 일어나서 걸어 나가기라도 했다는 거야. 말이 되는 소리를 해야지! 보안 카메라에 기록됐는지 확인해. 지금 당장!"

킬란은 겁에 질려 바들바들 떨었다.

"언제라도 필요하면 박물관 내부 움직임을 확인하게 보안 시스템을 설치하라고 했는데 우리 킬란 씨, 제대로 해놨겠지요?"

"깜빡했습니다." 킬란이 기어들어 갈 듯 덜덜 떨리는 목소리로 대답했다.

평소대로라면 뭔가 집어던졌을 텐데 콜렉터는 이상하게 기운이 빠졌다. 그는 킬란의 행동거지에 진절머리가 났다. 콜렉터는 천천히 생각하는 의자로 가서 털썩 쓰러졌다. 어떻게 하룻밤 사이에 그런 비극이 일어날 수 있는지 도무지 이해가 안 갔다. '남은 생을 저런 무능한 노예들하고 어울려야 하는 것이 내 운명이란 말인가? 아니면 불평불만으로 얼룩진 삶을 살아야 하는 벌을 받기라도 하는 걸까?' 기가 찰 노릇이었다.

한편 킬란은 쥐 죽은 듯 잠잠했다. 킬란을 쓸모 있는 존재로 만들어주는 건 오로지 콜렉터뿐이었다. 가끔 킬란 스스로 자신의 존재 목적을 망각할 때도 콜렉터가 있기에 믿고 의지할 수 있었다.

콜렉터는 번뜩 묘안이 떠올랐다. '저 무능한 노예에게 일종의

미션을 수행하게 해서 새롭게 써먹고, 더불어 내가 원하는 노예로 거듭나게 하면 어떨까?'

"킬란, 이제부터 도타키 해골을 훔친 도둑을 잡아서 내 앞에 대령해. 네가 가진 자원을 있는 대로 다 활용하도록. 이 우주에는 말이야, 내가 창피를 당하거나 적에게 패하면 얼씨구나 기뻐 날뛰는 놈들 천지야. 내가 우주계 먹이사슬의 최상부로 돌아가지 못하게 손쓰는 놈이 누굴까. 한탕 챙길 심산에 도타키 해골을 빼돌릴 만한 놈들이 누구겠어. 보나 마나 뻔하지. 자, 행동을 개시하라고, 출격! 참, 그리고 알아둬. 이 임무를 완수하지 못하면 응당한 대가를 치르게 될 거야, 킬란. 알아들었나?"

킬란은 눈물을 글썽이며 고개를 끄덕였다. 찰나의 순간, 콜렉터는 킬란의 눈에서 절망의 심정을 읽었다. 하지만 자신이 어찌해줄 만한 사안이 아니었다. 그러는 건 사리에 맞지 않는 일이다. 킬란은 노예고 자신은 주인이 아닌가. 괜스레 동정심을 보였다가 킬란이 자신을 밟고 올라서기라도 하면 큰일이다.

"범인을 찾아내서 주인님께 데려오겠습니다. 기필코 죗값을 치르게 할 겁니다." 킬란은 호기롭게 큰소리를 치고 싶었으나 꾹 누르고 단호한 어조로 말했다. "임무를 수행할 기회를 주셔서 감사드립니다."

"옳지, 장하다, 킬란. 매일 아침 일어나면 차라리 널 다른 사람에게 넘겨버릴까 하는 생각이 굴뚝같을 때가 다반사지만 늘 그런 건 아니란다."

"아, 네." 킬란은 놀라서 침을 꿀꺽 삼켰다. 그 순간 중요한 사실이 떠올랐다. "영예롭고 현명하신 콜렉터 님, 그런데 제가 스스로도 절대 용서가 안 되는 크나큰 실수를 또 한 가지 하고 말았습니다. 다름 아니고 펑고 전당포에 가보셔야 합니다."

"언제?" 콜렉터가 다정하게 물었다.

킬란은 시계를 흘끔 보고는 눈살을 찌푸렸다. "지금요."

콜렉터는 잔뜩 긴장한 듯 생각하는 의자 팔걸이를 꽉 움켜잡았다. 그리고 말 한마디 없이 일어나 입고 있던 셔츠의 매무시를 가다듬었다. 콜렉터는 킬란에게 고개를 끄덕인 후 어깨에 망토를 툭 걸치고 약속 장소에 가려고 문으로 향했다.

CHAPTER

2

평고 전당포는 광산 행성 '노웨어'의 시민들에게는 미스터리한 존재였다. 뒷골목으로 들어가면 푸줏간이 나오는데, 그 뒤쪽의 쓰레기 소각장 바로 옆으로 외계인 집단 거주 건물이 있었다. 전당포는 바로 그 건물 3층으로 올라가 긴 복도를 따라가면 맨 끄트머리에 있었다. 간판도 없고 불빛은 보일까 말까 했다. 찾아가는 길이 여간 고역이 아니었다.

콜렉터는 평고 전당포에 가는 게 싫었다. 평고 같은 하층민을 만나자고 그런 밑바닥 동네로 고난의 행군을 하는 것 자체가 곤욕이었다. 죽기보다 싫었지만 어쩔 도리가 없었다. 평고는 쓰레기를 보물로 둔갑시키는 기술로 먹고사는 업자로, 콜렉터는 그와 정기적으로 거래하는 사이가 됐다. 그래야만 했다. 찾아오는 이 한 명 없을 때에도 평고만은 그를 찾았다. 콜렉터는 이 모든 일이 박물관의 수준을 한 차원 높이기 위한 일이라며 마음을 다잡았다. 그것도 그렇고 한동안 박물관을 벗어난 적이 없기도 했다. 바람 좀 쐰다고 해가 될 건 없었다.

안타깝게도 평고 전당포 내부의 공기는 상쾌함과는 거리가 멀었다. 콜렉터는 들어가기 무섭게 코를 막았다. 전당포 안은 담배 냄새와 축축한 행주에서 풍기는 악취로 찌들어 있었다. 그 누구라도 병자가 될 판이었다. 콜렉터는 길 잃은 벌레들이 발가락을 타고 지나가는 걸 보고 화들짝 놀라 잰걸음을 쳤다. 허겁지겁 한 달음에 안내 데스크를 지나고, 고장 난 우주 총과 외계인 보석류가 전시된 공간을 지나 펑고의 사무실로 돌진해 들어갔다. 마침 따끈따끈한 신상 물건들을 한 무더기 받아놓은 상황이었다. 기묘한 생명체류도 보였다. 펑고는 다 제치고 콜렉터에게 먼저 보여주려고 초청했다고 했다. 하마터면 놓칠 뻔했지만 다행히 와 있었다. 콜렉터는 새 물건 중에 하나라도 건질 만한 게 있기를 바랐다.

펑고의 개인 사무실은 습하고 비좁았다. 천장 한가운데에는 노란 등이 걸려 있었다. 펑고는 온갖 생물과 잡동사니들로 득실거리는 구식 책상에 떡하니 앉아 있었다. 책상 뒤로는 커튼이 쳐져 있는데 대부분의 손님은 출입이 제한된 공간이었다. 상등품을 보관하는 공간이었는데, 운 좋게도 콜렉터는 대부분의 손님에 속하지 않았다.

펑고 본인도 괴상한 모습이었다. 분홍색을 띤 넙적한 몸뚱이가 젤리처럼 탱글탱글한 것이 오랜 세월 서서히 부패한 살덩어리 같았다. 달팽이는 저리 가랄 정도로 동작이 굼떴고 다리는 몸통 밑에 접히듯이 구부정하게 달려 있었다. 양팔은 옆구리 터진 소시지를 보는 듯했다. 창백한 낯빛에 둥실둥실한 얼굴 위로는 꼭대기가 둥글고 높은 중산모가 앙증맞게 씌워져 있었다. 연식이 꽤 된 헤드셋도 쓰고 있었다. 바닥까지 치렁치렁 내려오는 꾀죄죄한 흑발은 기름이 좔좔 흐르다 못해 곰팡이 낀 바닥 타일에 질질 흘러

내리고 있었다.

"늦었잖소." 콜렉터가 약속 시간을 지키지 않은 데 골이 난 펑고는 씩씩대며 푸념했다.

"노예가 약속 시간을 잘못 알려줘서 그리됐네." 콜렉터가 자리에 앉으며 말했다.

펑고는 싱글거렸다. "오호, 킬란 얘기군. 요새는 어째 일 좀 하오?"

콜렉터는 적당한 답을 찾느라 잠시 머뭇거리다가 펑고 뒤의 커튼을 가리키며 물었다. "뭐 잘하고는 있지만. 혹시 더 좋은 신종 노예 모델이라도 소개하려는 건가? 사실 노예라면 늘 찾고 있지."

"뭐가 그리 급하시오, 친구."

펑고는 그 후로 일 분간 쉴 새 없이 기침해댔다. 하마처럼 벌린 입에서 초록색 점액이 사방으로 발사됐다.

"음, 알겠네. '친구'." 콜렉터는 한숨을 푹 내쉬었다. 당장 손수건을 꺼내 얼굴에 튄 점액을 닦고 싶었지만 참았다.

그때 펑고의 책상 위로 자그만 바퀴벌레 한 마리가 기어가고 있었다. 펑고는 그놈을 잔혹하게 죽여 입으로 쏙 던져넣고는 통째로 꿀떡 삼키더니 투덜댔다.

"너무 짜. 한 마리 하겠소? 서랍에 한 놈 쟁여뒀소만. 아 참, 그러고 보니 너무 오래됐구려. 생으로 먹기엔 질기겠군. 어째 튀겨드릴까. 입맛에 맞겠소?"

콜렉터는 혼비백산할 지경이었다. "보여주고 싶은 물건이 있다고 했잖나. 그걸 보러 여기까지 행차했는데 내 금 같은 시간, 어쩔 셈이지?"

펑고는 킬킬댔다. "자기만의 세상에서 나오는 게 싫은가 보군, 안 그러오? 이해해. 나도 그러니까. 사실 움직이지도 않지. 그래도 걱정일랑 붙들어 매시오. 손님 한 분이 더 오기로 했다오. 오면 진행하겠소. 그리고 원하는 물건을 찾아보지요."

'나 말고 또 있다고?!' 콜렉터는 울화가 치밀었다. 흥정 따위는 딱 질색이었다. 생판 모르는 남과 가격 갖고 실랑이나 하게 하는 펑고가 한참 하수로 보였다. 흥정은 무식쟁이나 하는 거였다. 콜렉터는 '입찰'이란 걸 했다.

그때 펑고의 사무실 문이 활짝 열렸다. 펑고의 눈이 기대감으로 번뜩였다. 두 번째 구매 후보자가 등장한 것이다.

"아이고, 이것 참." 귀에 익은, 투덜대는 소리가 들렸다. "재밌게 됐네."

인사를 하려고 몸을 돌리는 순간 콜렉터의 온몸에 소름이 돋았다. 아는 목소리였다. 그동안 남남처럼 멀어졌던 형제인 그랜드마스터, '앤 드위 가스트'였다. 둘은 말없이 서로를 쳐다봤다. 이렇게 사석에서 본 지가 언젠지 까마득했다. 그랜드마스터는 평소대로 부티가 철철 흐르는 초호화 복장을 하고 있었다. 퇴폐적인 분위기가 감도는 황금빛 긴 가운을 걸치고 유명 디자이너가 만든 고급 샌들을 신고 있었다. 바지는 편안하면서도 디자인 면에서 흠잡을 데 없이 훌륭해 보였다. 어깨에 가방도 메고 있었다. 그런데 자세히 보니 세월의 흔적이 영 없는 건 아니었다. 머리는 전보다 희끗희끗해지고 움푹 들어간 눈에, 몸은 수척했다. 처음 콜렉터는 내 형제가 이렇게 매력적이었나 하고 생각했는데, 자세히 다시 보니 그동안 무슨 험한 꼴을 당했는지 지치고 초췌한 행색이었다.

"잘 지내는 것 같네, 앤 드위." 콜렉터가 겸연쩍게 웃어 보였다.

"두 분 아는 사이였소?" 펑고가 물었다.

"그렇다고 할 수 있지." 콜렉터는 눈살을 찌푸렸다.

"티반, 왜 그래." 그랜드마스터는 의자에 풀썩 앉더니 잔뜩 뿔이 난 형제 옆으로 바짝 당겨 앉았다.

"펑고, 이 양반이 괜히 멋쩍어서 그러는 거야. 눈치챘겠지만 티반하고 난 형제간이야. 서로 아끼고 사랑하는 사이지."

그러더니 자기 얼굴을 콜렉터의 면전에 갖다 댔다. 겁을 줘서 불안하게 만들 작정이었는데 먹혀들었다. 그야말로 무방비 상태로 전혀 대비를 못 하고 있던 콜렉터에겐 날벼락이 따로 없었다. 그랜드마스터는 그다지 당황한 기색이 아니었다. 혹시 오늘 콜렉터가 올 줄 알고 있었던 걸까? 자초지종을 물어보려는데 악취가 진동하는 조그만 야수 한 마리가 전속력으로 들어와 그랜드마스터의 발등에 앉았다.

"썩 꺼져, 스포드!"

그랜드마스터는 그 털북숭이 생명체의 머리를 후려쳤다.

"스포드 이 물건이 내 냄새를 맡고 달려드는 거야. 예전에 내기에 이겨서 차지했지. 보디가드처럼 나를 보호해줘야 할 물건이 하는 일이라곤 침이나 질질 흘리고 낑낑거리는 것밖에 없다니. 펑고, 괜찮으면 소형 포털 하나만 열어줄 수 있나? 이왕이면 목적지는 지정하지 말고."

펑고는 요청받은 대로 했다. 그가 좌석 밑으로 손을 넣어 투박하고 허름한 장치를 움켜쥐고는 오동통한 손가락으로 끈적끈적한 버튼 몇 개를 탁탁 눌렀다. 그러자 바로 옆 바닥에서 작고 어두컴컴한 포털이 열렸다. 그랜드마스터는 빛을 뿜어내고 있는 하얀 공 하나를 주머니에서 끄집어내더니, 바닥에서 침을 흘리고 있는 스포드에게 보여줬다. "자, 가서 물어 와!" 그가 포털 안으로 공을 던지자, 스포드가 쫓아갔고 포털 문은 닫혔다. "드디어 해방이군!" 그랜드마스터는 펑고와의 대화에 다시 집중했다. "그래서 펑고, 아직 아무것도 못 찾았단 말인가? 이 양반 못쓰겠군."

"입이 열 개라도 할 말이 없군요. 참, 트렉을 건설하셨다더니 참으로 감개무량하오. 사카아르에서의 일은 나도 들었소. 그 배은 망덕한 멍청이들이 당신을 그딴 식으로 대접하다니 내가 다 부끄럽군. 당신은 그놈들에게 뭐든 다 해줬는데!"

콜렉터는 귀를 쫑긋 세웠다. 소상히 알고 싶었다. "펑고, 내 형제가 사카아르에서 무슨 일을 당한 건가? 위신이라도 떨어졌나?
말해보게."

"어어! 펑고 양반, 지금 그런 얘기를 할 때가 아닐 텐데. 그 입
함부로 놀리기만 해보라고. 자네 소유의 그 추잡한 물건들 강제
로 싹쓸이해 갈 거야. 펑고 일가를 풍비박산 내버릴 거라고. 알아
들었어?" 그랜드마스터는 언성 하나 높이지 않고 도리어 만면에
옅은 미소를 띠며 펑고를 자근자근 위협했다. "참, 들어오다가 입
구에서 샤커스 터스크(다크 라이더스 출신의 외계 생명체-옮긴이)를
본 것 같은데 얼마지?"

"아, 그거요. 판매하는 물건 아닙니다." 펑고는 긴장했는지 피식
웃었다.

삐삐삐!

펑고의 헤드셋에서 전화가 오는 소리가 났다. 펑고는 "잠시만
요." 하고는 무뚝뚝하게 받았다. 콜렉터와 그랜드마스터는 어색하
게 침묵을 지키고 앉아 있다가 견디기 힘들었는지 입을 열었다.

"여긴 어쩐 일이야, 형제? 너 정도면 이런 덴 부하가 오지 않나?
아직 한자리하고 있을 것 같은데." 콜렉터가 물었다.

그랜드마스터는 예전에도 콜렉터가 툭툭 치고 못살게 굴어도
다 관심의 표현이라 여겨 달게 받곤 했는데, 가뜩이나 오랫동안
못 들었던지라 반가움이 두 배였다. 한때 역사적인 라이벌 관계
였는데 그 시절이 그리웠다.

"하긴 이 넘치는 변기처럼 더러운 행성에 왔으니 지위가 떨어진 게 아니고 달리 뭐겠어. 네 말이 맞아. 그래도 보디가드는 필요해. 최근에 사카아르 사건으로 약간 트라우마가 생겨서 개인 경호를 보강해야겠어. 안타깝게도 스포드는 경호 실력이 꽝이라."

"대체 어떤 트라우마? 얼마나 무서운 일을 겪었기에. 가엽기도 하지."

"나 여전히 잘나가. 걱정하지 마. 나 같은 우주의 우상은 늘 방어 태세를 갖춰야 하거든. 기골은 건장하지만 머리는 우둔한 호위무사나 가디언이 필수야. 마침 펑고가 적당한 가격대의 옵션이 몇몇 있다고 해서 약속을 잡았지. 눈코 뜰 새 없이 바쁜 와중에 여간 귀찮은 일이 아니지만 어쩌겠어. 새로운 환경에 적응 못 하면 우상이고 뭐고 없으니까."

그랜드마스터가 이렇게까지 자신을 변호하자 콜렉터는 본의 아니게 참았던 웃음을 터뜨렸다. "아무렴, 적응해야지."

"그런데 여기 와서 형제를 만나게 되리라고는 누가 알았겠어? 어쩌면 가족과 함께할 절호의 기회를 포기할 수 없었는지도 모르지."

"흐음…." 콜렉터는 우물거렸다.

"무슨 뜻이야?! 흐음이라니?!" 그랜드마스터가 격하게 반응했다.

"별거 아니야."

"방금 네 입에서 나온 소리잖아."

"적당한 가격대의 옵션이라. 단어 선택이 하도 독특해서."

"내 선에서 감당할 수 있는 가격을 말한 거였어! 그러는 너는 왜 안 가고 있어? 나보다 더 높은 가격에 입찰하려는 거 아냐? 하기야 예전에도 그러려고 했었지. 둘 다 같은 중개상들과 거래했지. 사방에 소식통이 깔렸다고. 난 말이야, 네가 생각하는 것보다 너에 대해 훨씬 더 많이 알고 있다고."

콜렉터가 미처 답하기도 전에 펑고가 전화를 끊고 다시 손님들을 보러 왔다.

"미안합니다. 집안일 때문에. 아들놈이 아프다네요." 펑고는 책상에 놓인 서류 더미를 뒤지더니 사진 하나를 찾아내 손님들 앞에 툭 내밀었다. 토실토실한 어린애가 인상을 찡그리고 있었다. "글러디 녀석, 기특하지 않소? 나중에 커서 아빠처럼 되고 싶다고 하거든."

"고물 천지인 가게에서 냄새 고약한 쓰레기나 수집하겠다고? 글러디한테 목표를 더 높이 잡으라고 말해주게나." 그랜드마스터는 비웃으며 말했다.

콜렉터는 다들 진정하라는 듯 한 손을 들어 올리며 말했다. "펑고, 그럼 준비해둔 물건 좀 봐도 되겠나? 이따 어디 또 가봐야 해서."

펑고는 콜렉터 뒤로 오더니 굵고 지저분한 밧줄을 홱 잡아당겼다. 커튼이 올라가자 엄선해둔 최상품 세 점이 공개되었다.

"그자라라고 하오." 펑고는 첫 번째 야수를 소개했다. 꼽추였다. 거대한 몸집에 눈매는 날카롭게 찢어지고 입은 다물어지지 않았다. 창백한 회색 몸에는 털이 북슬북슬하고 목에서 허리까지 흉터가 길게 남아 있었다.

"이 녀석의 장점은 내부를 싹 교체했다는 거죠. 잘 보세요. 최신 상품입니다. 두뇌만 빼고. 두뇌는 튠 업을 했죠. 말을 못하지만 명령은 충분히 알아듣소."

그자라는 발작이라도 난 듯 앞뒤로 덜컥대며 요란하게 움직였다.

"걱정하실 거 전혀 없소. 원래 저러니까." 펑고가 말했다.

그자라는 뒷다리로 서더니 뱃속 깊은 곳에서 삭힌 듯한 흰 덩어리를 뱉어냈다. 그러자 찐득찐득한 우윳빛 파편이 온 바닥으로 퍼져 나갔다. 콜렉터는 역한 냄새에 속이 메슥거릴 지경이었다. 펑고는 그자라에게 문밖으로 나가라는 손짓을 하고 다음 물건으로 넘어갔다.

"여기 보시는 것은 첨단 기술의 경이로움이 집적된 에르곤 450이오. 이 녀석을 능가할 것은 단연코 없소." 펑고가 선보인 것은 키가 큰 은색 로봇이었다. "잔다르 행성의 어떤 멍청이가 글쎄 이 녀석을 버리려고 했지 뭡니까!"

긴 막대기로 로봇 등에 있는 버튼을 누르자 귀가 먹먹해질 정도의 고음이 울려 퍼졌다. 로봇의 입과 눈에서는 검고 묵직한 연기가 새어 나왔다. 펑고는 "중지, 중지!"라고 외치고는 책상 밑에 있는 환기팬 스위치를 눌러 연기를 빼냈다.

콜렉터와 그랜드마스터는 한눈에도 우거지상이었다. 펑고가 안절부절못하며 싱글거리고 손을 비비적대는 걸 보면 그 또한 당연히 그 표정을 읽은 터였다.

"오늘따라 왜 이럴까! 헤헤. 다음 타자는 두 분 맘에 꼭 들 겁니다."

대미의 세 번째 물건이 공개됐다. 잠들어 있는 여성형 휴머노이드 로봇이었다. 휴머노이드는 머리부터 발끝까지 온몸을 덮는 검정 슈트를 입고 있었다. 형제는 강렬한 호기심이 발동했다. 펑고는 얼음물 한 통을 들입다 부어 휴머노이드를 깨웠다.

"여기가 어디죠? 당신들은 누군가요?" 휴머노이드는 추워서 벌벌 떠는가 싶더니 주위를 쓱 훑어보고는 펑고의 얼굴에 하이킥을 날리고 주먹으로 창문을 박살 낸 뒤 점프해서 탈출했다.

실내는 쥐 죽은 듯 조용했다. 세 사람은 어안이 벙벙했다.

콜렉터는 속으로 생각했다. '당장 저 휴머노이드를 잡아야겠어. 우리 동물원에 딱 맞겠군.'

펑고는 어색함을 무마하려고 쓸데없이 재잘거렸다. "또 뭐가 있더라? 뭐 없나? 조만간 도타키 해골이 들어오기로 되어 있는데. 어서 들어왔으면. 제발."

콜렉터는 화들짝 놀라 "도타키 해골, 그거 내가 '잃어버린' 건데." 하고 엉겁결에 비밀을 누설해버렸다.

펑고의 윗입술로 땀방울이 또르르 흘러내렸다. "그런 얘기는 금시초문이오. 아시다시피 요새 시중에 나도는 도타키 해골이 좀 많아야지요. 예전만큼 희소하지도 않고."

콜렉터는 의자에 푹 파묻혔다. "그야 그렇지"라고 했지만 의혹이 가시지는 않았다.

"그럼 하드론 인포서('가디언즈 오브 갤럭시' 소속의 로켓 라쿤이 설계한 무기-옮긴이)에는 관심이 있으시려나? 중고요. 상태가 좋지 않으니 가격 잘 쳐드리리다. 싫으면 말고. 어디 멍청해 빠진 가난뱅이한테 넘겨버리지 뭐."

그랜드마스터는 볼 만큼 본 상태였다. 그는 "힘들게 온 사람한테 고장 난 장난감 나부랭이나 보여주다니?!" 하고 윽박질렀다. "야수가 있다고 하지 않았나. 괴물이 있다고 했잖아. 맨손으로도 뭐든지 박살 낼 수 있는 생명체들이 있다고 해놓고선! 펑고 자네 때문에 내 소중한 시간이 날아갔어. 내 오늘 일을 잊나 봐라."

"잠깐!" 펑고가 모퉁이에 놓인 상자를 가리켰다. "티반, 그것 좀 건네주겠소?"

콜렉터는 눈을 매섭게 희번덕거리고는 상자를 갖다 줬다. 펑고는 포장을 뜯어 자그마한 돌멩이 두 개를 꺼냈다.

"오늘 아침에 들어온 거요. 소원을 비는 광석인데 위싱 오어라고 하지. 하나 깨뜨려보시오. 안에 든 거, 분명 맘에 들 거요. 암, 내 장담하지."

"제법 이국적인 느낌이 나는군." 콜렉터는 회색 돌멩이를 주시했다.

"그랜드마스터가 해보시오. 우선 소원부터 빌고." 펑고가 말했다.

그랜드마스터가 돌멩이 하나를 집어 바닥에 툭 던지자 반으로 쪼개졌다. 거기서 도마뱀처럼 생긴 작은 요정이 나오더니 날개를 펼치고 공중으로 훨훨 날아올라 원을 그리며 날았다. 콜렉터는 홀딱 반해버렸다.

"헉…."

숨이 막혀 말이 안 나올 지경이었다.

그랜드마스터는 요정을 찰싹 때려 책상 위로 몰아서 손바닥으로 내리쳤다. 그리고는 그 요물 같은 요정의 주황색 내장을 들여다봤다.

"누굴 바보로 아나. 위싱 오어의 요정이라면 온몸이 무지갯빛 광채를 띠어야 하잖아. 이건 딱 봐도 가짜야."

그러더니 그 화려한 색감의 내장을 한 움큼 쥐어서 펑고의 얼굴에 발라버렸다.

"이 새끼, 감히 나한테 이따위 쓰레기나 팔려고 하다니 확 처치해버리려고 했는데 걸쭉하게 내장 세례를 받은 걸 보니 기쁘기 그지없군. 오늘 정말 잘 왔어."

점액질이 펑고의 턱에서 얼굴로 뚝뚝 떨어지면서 옷 한쪽이 축축하게 젖었다. 펑고는 당황해 낯을 붉혔다.

"미안하오, 그랜드마스터. 일부러 골탕 먹이려고 그런 건 절대 아니오. 요즘 경기가 영 안 좋아요. 너나 할 것 없이 힘든 시기잖소. 사업이 쫄딱 망했다면서. 에이, 내가 지금 무슨 말을 하는지 잘 알잖소."

순간 그랜드마스터의 눈이 휘둥그레졌다. 펑고가 무슨 말을 하는지 똑똑히 알고 있었지만 그의 형제에겐 금시초문인 일이었다. "그 입 다물어, 뚱뚱이!" 하고 성질을 부렸다.

콜렉터는 형제의 반응에서 뭔가 수상쩍은 낌새를 알아차리고는 앞으로 참고하기로 했다. 그랜드마스터가 왜 그리 불만에 휩싸여 있는지 이해가 됐고 펑고가 기막힌 새 물건을 찾으려고 안달하는 까닭도 알게 됐지만, 둘의 대화를 계속 듣고 있노라니 진이 빠졌다. 이제 마무리하고 이동해야 할 시간이었다.

"펑고, 진짜로 가치 있는 물건이 하나라도 있는 건가, 없는 건가?"

펑고는 고뇌에 빠져 고개를 흔들었다. "티반, 당신을 위해 준비해둔 게 딱 한 가지 있긴 해요. 당신이 좋아 죽는 그 어여쁜 돌들과 관련된 거요. 그리 대단하진 않소. 소문만 들었지 아직 진상 확인을 못 해서…." 우물거리던 펑고가 말을 이었다. "노웨어 근방에 인피니티 스톤이 떠돌고 있다는 얘기를 들었소."

콜렉터는 정신이 번쩍 들었는지 격앙된 목소리로 재촉했다. "계속해보게."

"내가 입수한 정보는 그게 다요. 아이고, 내 눈으로 봤으면 봤다고 제일 먼저 알려드렸겠지." 하고 속마음을 보였다. "티반, 당신이 그 요상한 돌들에 미쳐 있다는 거 알고 있다고. 내가 보기엔 정신이 나가도 한참 나간 것 같지만 정 원한다면 하나 찾아드리지. 그래야 요전번에 그놈이 당신네 박물관을 날려버렸을 때 입었던 피해를 만회할 거 아니오."

"글쎄… 난 말일세… 굳이 그 '문제'는 거론하지 않아도 되는데…." 콜렉터는 더듬거렸다.

그랜드마스터는 형제의 반응이 수상쩍다는 걸 눈치채고는 나중에 무슨 일인지 물어봐야겠다고 생각했다. 항간에 티반이 죽었다는 소문이 들리긴 했으나 안 믿었던 터였다. 대체 뭐가 진실이고 뭐가 헛소문인지가 궁금해졌다.

펑고는 배를 문지르며 입을 열었다. "어찌나 얘기를 많이 했는지 허기가 지는구먼."

"인피니티 스톤 중에서 어떤 스톤을 말하는 건가. 속 시원히 밝혀보게." 콜렉터는 집요했다.

"아, 음, 그게 말인데… 내 입으로 말할 수가 없었소. 제삼자에게 들은 정보였거든. 최근에 입수한 따끈따끈한 정보지. 혹시 파티 스톤이란 게 있소? 실은 누가 말해줬는데 내가 잘못 들었을 수도 있고. 조만간 제대로 된 정보를 캐낼 거요."

"티반, 펑고 자식 지금 거짓말하고 있어." 그랜드마스터는 두 번째 위싱 오어를 가로채서 가방에 넣었다.

"펑고, 네놈을 죽여버려야 했는데 대신 이걸 가지고 가마. 고맙네! 자네 집사람한테 심심한 위로를 전한다고 해주게. 자네 같은 작자랑 부부의 연을 맺다니 비극이 따로 없지. 이봐 형제, 밖에서 긴히 할 얘기가 있어."

그랜드마스터는 발끈하며 펑고 전당포를 박차고 나갔고 콜렉터도 뒤따라 나섰다.

건물 밖으로 나가니 펑고가 대성통곡하는 소리가 들렸다. 온 골목이 떠나갈 듯 처절한 절규였다.

콜렉터는 형제를 노려보며 말했다. "오, 체면이 말이 아니네."

"누구 말이야?"

"누구긴 누구겠어, 펑고 그 작자지." 콜렉터는 능글맞게 웃었다.

그랜드마스터나 콜렉터나 지금까지 살면서 우주가 다양한 형체를 갖추고 있다는 사실을 두 눈으로 확인해왔다. 그들은 같이 있을 때나 떨어져 있을 때나, 생생한 체험으로 우주에 대한 지식을 넓혀왔다. 공통점이라고 하기에는 참으로 특이했다. 오랫동안 개인적 만남이 전혀 없었기 때문이다. 은하계가 워낙에 넓기도 하고 이동 경비도 많이 들었다. 그래서 어느 가정이나 그러듯이 형제지간이지만 사이가 소원해졌다. 핑계가 아니라 정말로 그랬다. 오래전에 마지막으로 우연히 맞닥뜨릴 일이 있었지만 그 후로 둘의 인생에 급격한 변화가 왔던 터라, 지금은 어느 한쪽도 자신의 사생활에 대해 이러쿵저러쿵 밝힐 의사가 없었다. 일단은 서로에 대한 믿음을 갖는 법부터 다시 배워야 할 단계였다.

그랜드마스터는 콜렉터를 아래위로 훑어보고는 당혹감에 움찔했다. "요새 누가 스타일링 해주는 거야? 시력 나쁜 주바즈 종족 스타일로 입었네."

콜렉터는 그랜드마스터의 비웃음을 덤덤하게 받아쳤다. "이렇게 다시 만나다니 너무 기뻐. 톡톡 튀는 위트와 매력은 여전하네."

"같이 있으니까 재밌군. 둘이서 재미나게 놀았던 거 기억나? 서로 으르렁대는 경쟁자가 되기 전, 어렸을 때는 그랬잖아. 여기 변기처럼 역겨운 행성 구경 좀 시켜줄래?"

"레드 카펫이라도 깔아놨어야 했는데 용서해. 난 진짜 스타를 상대할 때만 스타에 걸맞은 대접을 해주거든."

그랜드마스터는 저 멀리 뭔가가 있는 걸 봤다. 콜렉터도 알아봤는지는 몰랐다. 노웨어 행성의 음침한 골목 틈새, 지하실로 통하는 둔중한 문 위에 파란 점 하나가 깜박거리며 빛나고 있었다. 외관상으로는 별 티가 안 나지만, 문 너머에 기상천외한 멤버십 전용 라운지 클럽이 숨어 있다는 걸 알고 있었다. 어떤 이들은 '블루 닷', 어떤 이들은 쉽게 '블루'라고 부르는 곳이었다. 대부분의 주민들은 그런 게 있는지조차 몰랐기에 달리 부르는 이름도 없었다. 244센티미터나 되는 키 큰 악마가 문 앞을 지키고 있었다. 악마는 멜론만 한 우락부락한 알통을 장전하고 스리피스 슈트를 입고 있었다.

"죽마고우 같은 형제와도 조우했으니 들어가서 한잔하자고."

그랜드마스터가 가방을 콜렉터에게 툭 던졌다. 콜렉터는 가방을 잡느라 몸이 휘청했다.

"아니, 아니. 나 거기 안 가. 딴 데서 볼일이 있어."

"바보같이 입장 거부당할까 봐 걱정하는 거야? 괜찮아. 나 저 문지기랑 아는 사이야. 긴장 풀고 한잔하자. 특별한 날이잖아. 나도 네가 사는 동네에 왔고."

콜렉터는 고민하다가 겨우 마음을 열었다. "그럼 딱 한 잔만."

문 앞으로 다가가자 문지기가 함박웃음을 지어 보였다. 입안 가득히 들어찬 널따란 상아색 어금니가 훤히 드러났다. "이게 누군가, 형씨! 신수 좋아 보이는데, 그랜드마스터." 문지기가 그를 격하게 반겼다.

그랜드마스터도 한껏 흥이 나서 인사했다. "쿠다! 에이, 비행기 태우기는. 자네도 변함없이 강해 보여. 건장하고 우람해. 내 정확히 기억하는데 자네 싸움 기술이 진짜 압권이지. 언제든지 또렷이 떠올릴 수 있어. 지난번 봤을 땐 온통 피범벅이었는데. 적의 내장을 뒤집어쓴 채로 천국을 향해 승리를 외치고 있었는데 말이야."

"아, 그랬지! 그날이 내 생일이라 파티를 하는 중이었어. 좋은 시절이었지." 쿠다는 회상했다.

"부업으로 하는 건가? 사실 보디가드가 필요한데 도와주겠나.

내 톡톡히 사례하지."

"그러고 싶지만 스케줄이 꽉 차 있어서. 이 일을 하면서 미술 분야 학위를 따려고 준비 중이야. 그래도 하루 정도는 뺄게. 당신이 주최하는 '챔피언 콘테스트' 보러 사카아르에 가야지. 거기서 열린다고 들었거든."

그랜드마스터의 얼굴에서 웃음기가 사라졌다. 또다시 잊고 싶었던 기억이 되살아났다. "그 얘기는 나중에 하자고. 느긋하게 즐기러 왔단 말이야." 그러고는 콜렉터의 등을 떠밀며 "참, 소개하지. 내 형제라네!" 하고 소개했다.

쿠다는 콜렉터를 아래위로 쓱 훑어봤다. "처음 보는군. 시력 나쁜 주바즈 종족이 스타일링을 했나 봐. 그리고 그 가방은 보안 검색을 통과해야 갖고 들어갈 수 있어."

그랜드마스터는 쿠다의 육중한 몸에 팔을 두르며 말했다. "아이고 알다마다. 패션 감각이라곤 전혀 없는 딱한 사람이야. 그래도 내 형제잖아. 이 가방에 위싱 오어가 들어 있어. 마침 오늘이 내 형제의 생일이라 내가 선물한 거야. 남은 자금을 탈탈 털어 샀다고. 나 착하지 않아? 이 가여운 사람을, 그것도 생일인데, 정녕 내칠 텐가. 들여보내 줘. 날 봐서라도, 쿠다."

쿠다는 미간을 찡그렸다. "그럼 두 분 다 클럽 안으로 이동하시죠. 줄즈가 모실 겁니다. 만반의 서비스가 준비되어 있으니 걱정하지 마십시오."

"쿠다, 어쨌든 만나서 너무 반가워." 그랜드마스터는 가운에서 얇은 명함을 꺼내 쿠다의 슈트 주머니에 찔러 넣었다. "언제든 링으로 돌아갈 준비가 되면 연락해. 약속하는 거다? 예술 학위를 따서 얼마나 아름다운 작품들을 창조할지 정말 기대된다." 그랜드마스터와 콜렉터는 건물 안으로 들어가 긴 복도를 따라갔다. "쿠다 그 여자 정말 환상적이지?"

"저 악마가 여자였어?" 콜렉터가 물었다.

"몰랐어? 이 클럽에 대해서라면 훤히 알고 있는 줄 알았는데."

마침내 복도 끝에 다다랐다. 둘이서 문을 밀고 들어가자 온화한 느낌의 파란 불빛이 반겨주었다. 라운지는 은밀하면서도 북적북적 활기가 넘쳤다. 매력 만점의 클럽 멤버들이 웃고 몸을 흔들며 돌아다니고 있었다. 술을 홀짝이며 다 함께 어울려 즐거운 한때를 만끽하는 분위기였다. 이들에게 이 클럽은 쓰레기장처럼 흉물스러운 노웨어에서 벗어나고 싶을 때 찾는 피난처였다. 일자무식 소작농들이 거친 풍랑처럼 설쳐대는 행성에서 피신할 수 있는 항구와도 같아서 더 귀중한 곳이었다. 공간 가득 마음을 진정시키는 음악이 울려 퍼지고, 천장에 매달린 구슬들은 영롱한 빛을 발하며 리드미컬하게 진동하고 있었다.

그랜드마스터는 만족스러운 눈치였다. "그럼 긴장 풀고 놀아볼까?"

Chapter

3

콜렉터는 라운지에서 술과 음악에 취해 흥청거리는 사람들 틈을 비집고 다니다 보니, 공연히 사람들 눈에 띄어 좋을 게 없는데 잘못 온 게 아닌가 하는 생각이 들었다. 박물관 관련 '사고' 후로 일종의 피해망상이 생겼다. 사람들이 자신을 쳐다보고 속닥거리는 것 같았다. 어쩌면 혼자만의 착각이었는지도 모른다. 어쨌든 자신감을 잃게 되면서 점차 은둔의 삶에 익숙해졌다. 집에 틀어박혀 부루퉁하게 지내는 것이 결코 바람직하지는 않지만, 어느새 편하게 느껴졌다. 바깥에 나가면 발가벗겨진 듯했다. 신경이 예민해지고 늘 초조했다. 그뿐이 아니었다. 앞으로 일어날 상황에 대비하지도 못했다. 심지어 그랜드마스터와 단둘이 대화하는 것도 승부를 가리는 일종의 게임 같았다. 게임하는 데는 전혀 흥미가 없었다. 하지만 이제는 달리 선택의 여지가 없었다.

그랜드마스터는 형제의 불안 같은 건 안중에도 없었다. 그는 왕처럼 라운지를 누비고 다니며 오랜 지인들과 마주치는 족족 잠깐씩이라도 안부를 물어댔다. 그랜드마스터는 관심받는 걸 무척 좋아했다. 친분이 두터운 몇몇은 그를 노웨어에서 만나 어리둥절해하기도 했는데 그럴 때면 이유를 물어볼까 겁나 잽싸게 자리를 피했다. 그의 시선은 사람들 무리를 꿰뚫어보며 이해타산을 따져보고 있었다. 그랜드마스터는 자신의 목적에 도움이 될 만한 사람이 없나 쉴 새 없이 물색하고 있었다.

형제는 라운지 뒤쪽의 바닥에서 솟아오르게 되어 있는 강철 소재의 대형 정육면체 구조물이 있는 곳으로 찾아갔다. 그 안에는 부스 형태의 룸과 프라이빗 바가 있었다. VIP 전용 구역이었다. 참으로 뜬금없게도 몽땅하고 통통한 촉수 생명체가 밋밋한 흰색 슈트 차림으로 그들을 맞이하러 나왔다. 생명체는 여섯 개의 촉수를 연신 흔들며 여러 가지 화려한 빛깔의 묘약을 흔들어대고 있었다.

"어서 오십시오. 줄즈라고 합니다. 이 아름다운 밤, 두 신사분을 위한 믹솔로지스트(칵테일을 제조하는 바텐더-옮긴이)가 되어드리겠습니다."

줄즈는 촉수를 사방으로 휘두르며 환영했다. "컨디션이 어떠신지요?"

형제는 줄즈를 멍하니 바라볼 뿐이었다.

"오늘 밤에 드시면 더없이 좋은 칵테일이 아주 다양하게 준비되어 있습니다. 1단계로 멈브 멜론 스프리처나 잭서스 블러드로 시작해보시지요. 어느 정도 워밍업이 되면 다음 단계로 불같이 독한 서터 슈터스를 제조해드리겠습니다. 특별히 선호하는 독주라도 있으신지요?"

"아무거나 끌리는 대로 휘황찬란하게 만들어주고 좀 조용히 하지." 콜렉터는 투덜거렸다. "오래 안 있을 거요."

줄즈는 유리잔 두 개를 테이블에 올려놓고 보글보글 기포가 이는 네온빛 액체를 따랐다. "그럼 좋은 시간 되십시오. 필요하시면 큰 소리로 불러주세요."

줄즈가 나가자 그랜드마스터는 형제를 보고 싱긋 웃었다. 그는 칵테일을 요리조리 뜯어보더니 한 모금 찔끔 홀짝이고는 허리를 젖혀 의자에 기대고 앉아서는 잔을 빙빙 돌리며 물었다. "그래서 나랑 말 안 섞을 셈이야? 예의가 없어도 너무 없네, 티반. 기운 좀 내. 여기 사교 장소잖아. 멤버십 전용 클럽이라고. 내게 고마워해야지. 고맙다는 말은 언제 할 거야. 목 빠지겠네."

콜렉터는 칵테일을 벌컥벌컥 들이켜고는 "고마워"라고 나긋하게 말했다. 콜렉터는 항간에 떠도는 몇몇 소문에 관해 물어보려고 했다. 양쪽 다 아는 사람들이 콜렉터에게 이러이러한 소문이 나돈다며 귀띔해준 정보가 몇 가지 있었다. 콜렉터가 박물관을 비참하게 날려버렸다는 소식이 나돌자, 그랜드마스터가 당연히 그리될 줄 알았다며 콜렉터를 조롱하고 다닌다는 소문도 있었다. 셋 이상의 다른 출처에서 모두 똑같은 얘기를 들었다. 모두 믿을 만한 출처였을까? 다 그렇지는 않았을 것이다. 어쨌거나 콜렉터는 그랜드마스터가 자신의 업적에 시샘을 느낀다는 걸 직감했다. 눈빛에서 보였다. 이제 그랜드마스터는 콜렉터의 약점을 찾고 있었다. 콜렉터도 넋 놓고 당하지는 않을 작정이었다.

그랜드마스터가 물었다. "우리가 이렇게나 오래 붙어 있는 게 대체 얼마 만이지? 요새 들어 내 기억력이 영 시원찮아서 말이지. 기억력 개선에 좋은 차가 있다던데 노웨어에 머무는 동안 한 번 찾아봐야겠네. 여기도 차 파는 가게 있나? 당연히 있겠지? 걱정 마, 내가 찾아볼게. 있잖아, 최근 들어 부쩍 네 생각이 많이 나더라고. 사실 우연히 마주칠 듯한 예감이 들었어. 그게 바로 우주의 섭리지. 넌 그런 느낌 받은 적 없어? 물론 우리가 형제지간이고 그동안 쭉 봐온 것들 때문에 그렇게 느꼈을 수도 있지만, 가끔은 우리가 우주를 통해 하나로 연결되어 있다는, 그러니까 그 누구보다 심오한 관계로 얽혀 있다는 느낌이 들어."

콜렉터는 땅이 꺼져라 한숨을 내쉬고는 칵테일을 훅 들이켜 세 모금에 해치웠다.

"티반, 나한테 뭐 물어볼 거 있는 거 다 알아. 실은 나도 있어. 그렇게 입 다물고 부들부들 떨면서 겁쟁이처럼 앉아 있지 말고, 물어볼 거 있으면 얼른 물어봐."

이 말이 비수처럼 콜렉터의 가슴을 찔렀다. 기분이 확 상했다.

"그래 그럼, 무슨 실패를 얼마나 했기에 여기까지 온 거지? 내색 않고 있지만 사실 안 좋은 일이 있는 거지? 대체 뭣 때문에 내 구역에서 나를 씹고 욕하고 다니는 거야? 말은 바로 하자. 가진 걸 잃고 힘든 건 둘 다 마찬가지겠지. 그렇지 않았음 평고 따위 상대할 일도 없었을 테고. 사카아르에서 무슨 일이 있었는지 밝히고, 나한테 뭘 원하는지도 털어놓고, 내 구역에서 썩 꺼져, 앤 드위. 이 순서대로 해."

그랜드마스터는 화들짝 놀라 외쳤다. "드디어 내 형제의 본모습이 나왔군! 이게 바로 내가 보고 싶어 하는 타넬리어 티반의 모습이지. 그래도 솔직히 네 구역이라는 표현은 좀 심하네. 이런 쓰레기 더미에 있기엔 너무 아까운 사람이잖아. 그렇고말고. 우리둘 다 그렇지. 노웨어 여기, 말이 행성이지 쓰레기 폐기장이 따로 없잖아. 약탈자나 추악한 우주 천치들에게나 어울리는 곳이지."

"어서 묻는 말에 답이나 해."

그랜드마스터는 겉으로는 요란을 떨었지만 기분이 영 언짢았다. 솔직히 콜렉터가 그렇게 노골적으로 나올지 몰랐다.

"줄즈!"

그랜드마스터는 버럭 고함을 질러 줄즈를 불렀다. 그러자 그 촉수 달린 전담 믹솔로지스트가 순식간에 나타났다.

"요기 좀 하게 오르되브르 종류 없을까? 간단한 안주 한두 접시 정도? 고급으로 해줘. 이국적인 식용 꽃을 올린 육회가 당기네. 뭔가 퇴폐적인 풍미들이 어우러지게. 알아들었지?"

줄즈는 고개를 끄덕였다. "무슨 말씀이신지 잘 알겠습니다. 그렇게 올리겠습니다."

"그리고 참, 괜히 우리 대화에 귀 쫑긋 세웠다간 혼쭐날 줄 알아. 영적 세계로 썩 사라져버려." 그랜드마스터가 명령했다.

"그건 어렵겠는데요. 영적 세계로 사라지다니요. 저기 있는 주방으로 퇴장해야지요." 줄즈가 지척에 보이는 금속성의 작은 출입구를 가리키며 답했다.

즐즈가 눈앞에서 사라지자 그랜드마스터는 말했다. "휴, 됐다. 이제야 꺼졌네."

콜렉터는 형제가 얼른 답하기를 바라며 말없이 바라보고 있었다.

그랜드마스터는 칵테일 한 모금으로 목을 축이고는 한숨을 푹 내쉬었다.

"알았어, 티반. 말할게. 그렇게 잔뜩 찡그리고 쳐다보지나 마. 무지하게 격 떨어진다고. 그래, 너도 어느 정도 짐작했겠지만 사카아르에서 일이 꼬여서 계획대로 되질 않았어. 재수 없는 사건을 몇 번 겪고 훌쩍 여행이나 떠나기로 했지. 그리고 그 사건들 때문에 날 끈덕지게 쫓는 적도 생겼어. 그래서 한곳에 오래 머물면 위험해. 그런데 노웨어는 말이야, 추악하기 짝이 없고 단점들이 많긴 해도, 숨어 지내기엔 제격이더라고. 은신처로는 완벽한 곳이지."

"그래서? 나더러 거처라도 제공하라는 소리야?"

"아이고, 설마. 굳이 원한다면 모를까. 내 자산의 상당 부분이 동결되어 있어서 현재로서는 마음대로 쓸 수가 없어. 그러지만 않아도 지금쯤 어느 천상의 빌라에 입주해 초호화 스위트룸에 묵고 있었을 거라고."

"거참 흥미진진하군. 네 얘기가 이렇게 재미있는지 왜 진작 몰랐을까?"

"네 도움은 필요 없어. 절대로 받지 않아. 난 그저 생판 모르는 남처럼 지내지 말고 함께 좋은 시간을 보내면 더없이 좋겠다고 생각했을 뿐이야."

"혹시라도 머물 곳을 내주기를 바란다면, 들어주는 게 내 도리지." 콜렉터는 가까이 기대며 말을 이었다. "필요하면 말해."

그랜드마스터는 숨을 크게 들이마시며 물었다. "그럼 같이 지내도 될까?"

콜렉터는 어떻게 답해야 좋을지 신중히 따져봤다. 승낙하면 영원히 형제의 조롱거리가 되고, 거절하면 가족을 내치는 꼴이 된다. 그런데 딱히 가족이 많지도 않았다. 결국 본능을 따랐다.

"그래. 서로 성질 때문에 비틀어지지 않는 한 얼마든지 같이 지내도 좋아."

그랜드마스터는 잔을 높이 들어 올리고는 칵테일을 들이켜며 말했다.

"한시라도 빨리 박물관을 보고 싶어. 듣기로는 최근에 숱한 변화를 겪었다고 하던데."

갑자기 라운지 입구에서 난동이 벌어졌다. 캑커론이라는 외계 종족 무리가 난입해 손님들을 때려눕히고 음료를 쏟아대며 행패를 부렸다. 그들은 바로 옆에 부스 하나가 비어 있는 걸 보고는 멋대로 차지해버렸다.

캑커론 무리는 거짓말 하나 안 보태고, 염치와는 담을 쌓은 족속이었다. 한마디로 천박한 촌놈들이었다. 그들은 툭하면 불뚝불뚝 화를 냈다. 끊임없이 변화하는 은하계에서 변화를 따를 의사가 전혀 없었다. 그들의 피부는 축 늘어지고 창백했다. 숱한 세월 얼마나 고생에 찌들었는지 안색이 초췌하기 짝이 없었다. 머리는 거대하고 몸은 왜소했다. 두피는 뾰족뾰족 솟아 있고 웃으면 잇몸이 만개했다. 캑커론 종족 깃발을 갖가지 방식으로 자랑스레 두르고 다니면서, 말소리가 들리는 범위 내에 누구라도 포착되면 자기네 행성에서 얼마나 많은 전쟁을 치렀는지 나불거렸다. 무엇보다 악독한 건 호시탐탐 기회를 노리며 쉴 새 없이 전쟁을 일으키려 했다는 점이었다.

무리 중 우두머리가 깩깩대며 말했다.

"어이! 그 촉수 달린 놈 어디 있어?! 머릿수대로 맞춰서 플라젠 우유 한 통씩 돌려. 지금 당장!"

"어이!" 나머지 캑커론 무리도 일제히 따라 외쳤다.

그랜드마스터는 이들을 보고 움찔했다. "저런 놈들이 어떻게 들어왔지? 프라이빗 클럽은 쓰레기 출입 금지 아닌가. 하긴, 요즘 세상엔 돈이 곧 권력이니까."

"언젠 안 그랬나. 그냥 무시해버려." 콜렉터가 말했다.

천성이 사납고 소란스러운 캑커론 무리는 잠시도 못 기다리고 주먹으로 테이블을 쾅쾅 내리치고, 어서 우유 안 가져올 거냐며 소리를 꽥꽥 질러댔다. 또 어찌나 쿵쾅대는지 바닥이 흔들리다 못해 라운지 전체가 들썩거릴 정도였다. 그랜드마스터는 너무 시끄러워서 미치고 환장할 지경이었다.

"어이가 없군. 가서 항의해야겠어."

의자를 확 밀며 일어나는 그랜드마스터를 콜렉터가 말렸다. "그러지 마. 괜히 나섰다가 일만 더 커져. 여기 더 있을 것도 없어. 하던 얘기 마무리하고 얼른 뜨자고."

"주문한 요리도 아직 못 먹었는데!"

그랜드마스터는 흥분했다.

"한마디 해야지, 안 되겠어."

캑커론 무리에게 조용히 하라고 말하려던 것도 잠깐, 곧이어 맹수 같은 사내가 천둥 같은 소리를 내며 라운지로 달려 들어왔다. 사내의 크고 네모난 몸뚱이에는 분홍빛 털이 덥수룩했다. 살갖은 고운 모래 같았다. 표정을 보니 일진이 영 사나운 날인 듯했다. 사내는 콜렉터를 향해 다가와 고함을 질렀다.

"이봐, 왜 얀의 구역에 앉아 있나!"

"알겠소. 막 일어나려던 참이오."

콜렉터는 얼른 부스 밖으로 나가려고 했다.

그랜드마스터는 테이블 밑으로 다리를 뻗어 콜렉터가 못 나가게 했다. "뭐가 그리 급해?"

그러더니 맹수 같은 작자에게 시선을 돌리며 물었다.

"당신이 그 얀이오? 그렇다면 내가 지금껏 살면서 봤던 표본 중에 가장 멋지다고 말해주고 싶군. 그 골격만 봐도 호기심이 마구 샘솟거든. 마치 거대한 벽돌이 살아 움직이는 것 같구먼. 정말 마음에 드는군."

그 사내는 이상야릇한 칭찬에 어안이 벙벙한 듯했다.

"다시 말하는데 당신 지금 얀의 구역에 앉아 있다고. 당장 꺼지면 목숨은 보전하게 해주지."

"삼인칭으로 말하는군. 오 엄청 센데."

그랜드마스터는 발을 슬며시 들어 올려 그 사내에게 갖다 댔다.

"잘 들어, 얀. 한 가지 제안을 하겠네. 지금부터 내 새 보디가드가 돼줬으면 하는데. 자네 같은 젊은이는 안정된 직장이 필요하잖아? 우선 자네의 그 체형부터가 마음에 쏙 들어. 성격상 걸리적거리는 놈들은 죄다 뭉개버려야 속이 시원할 것 같은데. 내 말이 맞지?"

"그렇소만." 얀이 웅얼거리며 답했다.

"그래, 그럴 것 같았어. 그럼 질문 하나 더. 몸에 구멍이 나서 피를 철철 흘리며 싸워본 적 있나? 물론 당시에는 굴욕적이었겠지만 그런 경력이 있으면 급여를 후하게 쳐주겠네."

그랜드마스터는 다시 자리에 앉았다. 얀이 자신에게 마법처럼 빠져든다고 생각하니 한결 마음이 놓였다. 그랜드마스터는 다리를 테이블에 척 올려 꼬았다.

"그럼, 거래 확정. 지금부터 내 보디가드로 임명하지. 휴, 이제야 좀 살겠네. 그동안 얼마나 찾고 또 찾았는지 몰라. 홀홀 털어버리고 나니 속이 다 후련하네."

얀은 으르렁거리며 서 있었다.

"얀, 이참에 하나 더 제안하지. 다시는 얘기하는 일 없게 명심해서 듣게."

그랜드마스터의 말이 갑자기 애원조로 변했다. 거래를 꼼꼼하게 못 했구나 하는 생각이 퍼뜩 들어서였다.

"조용히 하는 거, 그건 꼭 지켜야 해. 전문가 대 전문가로 얘기하는 거야. 못 지키면 아주, 아주 유감스러운 일이 생길 거야. 한입으로 두말 안 해. 내가 어떤 사람인지 알고 있지?"

"허, 약골 주제에 무슨 소리. 냉큼 물러나지 않으면 뼈도 못 추리게 산산조각 내버릴 테다."

얀은 연신 으르렁거렸다.

콜렉터는 테이블 위에 놓인 그랜드마스터의 발을 찰싹 때렸다.

"일어나."

콜렉터는 이를 악물고 침을 탁 뱉었다.

그랜드마스터는 들은 척 만 척하고 얀을 째려봤다. "산산조각 내보시지."

얀은 그랜드마스터의 멱살을 잡고 번쩍 들어 올리더니, 까짓것 깃털보다 가볍다는 듯이 바닥으로 내동댕이쳤다.

"티반, 무기 줘." 그랜드마스터가 다급하게 속삭였다.

"무기 없는데, 앤 드위." 콜렉터는 숨죽여 말했다.

얀은 그랜드마스터를 노려봤다.

"이제 누군지 알겠다. 내 형제를 납치해서 싸움용 괴물로 만들어버린 그 자식이군."

"오호!" 그랜드마스터가 반가운 마음에 소리를 질렀다. "그래서 좋은 성적을 냈나?"

"끔찍하게 운명하고 말았지." 얀은 계속 으르렁대고 있었다.

"그게 정말 나였다고? 확실해? 솔직히 말해서 둘이 닮았으면 알아봤을 텐데."

때마침 믹솔로지스트 줄즈가 뜨끈뜨끈한 오르되브르 접시를 들고 나타났다. 선홍색 육회 몇 점에 환한 빛깔 꽃들이 얹혀 있었다.

"천하일품의 진미를 맛보실 분 어디 계세요? 오, 어이, 얀! 언제 또 귀신같이 나타난 거야?"

얀은 줄즈의 촉수를 홱 잡아당겨 하나로 묶은 다음, 그 무지막지한 힘으로 대롱대롱 흔들더니 넘치는 기운을 주체 못 하고 있는 캑커론들이 앉은 테이블에 떡하니 올려놓았다.

"이제 당신 차례야."

이렇게 외친 얀은 으르렁대며 그랜드마스터를 향해 공중 발차기를 했다. 그 육중한 발을 내려놓기도 전에 사나운 캑커론 무리 중 하나가 펄쩍 뛰어 얀의 등에 올라타더니 맹렬히 울부짖었다.

이어 캑커론 무리의 우두머리가 나와 "어이!" 하고 괴성을 질렀다. 우두머리는 입고 있던 셔츠를 갈기갈기 찢어 두 주먹에 휘감고 소리를 쳤다.

"캑커론의 영광을 위하여!"

라운지는 순식간에 아수라장으로 변했다.

"거참, 순식간에 판이 커졌군."

그랜드마스터는 숨을 헐떡대며 주방 문을 가리켰다.

"이제 가자."

콜렉터는 그랜드마스터의 가방을 움켜쥐고는 북적대는 구경꾼 틈을 뚫고 뒷문을 향해 쏜살같이 내뺐다. 그러자 그 뒤를 캑커론 하나가 소리를 내지르며 쫓기 시작했다.

"이런 스릴을 맛볼 줄이야!"

그랜드마스터가 말했다. 걸음아 날 살려라 하고 밖으로 나오니 땅거미가 내려앉아 있었다.

"이봐, 형제, 그 체통은 다 어디로 간 거야? 그 역겨운 살덩어리를 가만두고 그렇게 무르게 나가떨어지다니."

"난 애초에 곤란한 상황은 딱 질색이라고 했어."

"그래도 덕분에 네가 예전 모습을 되찾았잖아."

"얀은 순전히 자기 전용석을 원했을 뿐이라고!" 콜렉터는 언성을 높였다.

"안 그래도 네가 모델을 찾는다니 어이가 없었는데 그 자리에 얀을 영입하려고 하다니 말이 돼? 원하는 대로 해줬어야지."

"모델 구인이 아니라 보디가드 구인이야. 그리고 방금 무슨 말이야? 제대로 들은 건지 믿기지가 않네. 너야말로 위대하고 막강한 콜렉터잖아. 위신을 생각해! 체통을 지키라고!"

그랜드마스터는 활짝 웃어 보였다.

"우리 한 지붕 아래 같이 지내면 말도 못하게 즐겁겠다, 안 그래? 그럼 출발. 얼른 새 '보금자리'를 보고 싶어."

CHAPTER

4

잠시 후 콜렉터의 박물관으로 들어간 그랜드마스터가 외쳤다. "이게 뭐야! 너무 횅해 보여. 구경 좀 시켜줘."

"때가 되면. 노예, 어디 있어!" 콜렉터가 외쳤다.

킬란은 주인을 맞이할 생각에 잔뜩 설레서 환하게 웃으며 마치 주인에게 충실한 지구 개처럼 껑충껑충 달려 들어왔다. "안녕히 다녀오셨어요, 자비로운 콜렉터 님."

"손님이 있어. 내 형제야." 콜렉터가 소개했다.

킬란은 깜짝 놀라 숨이 넘어가는 소리로 말했다. "바로 그 그랜드마스터. 모시게 돼서 대단히 기쁩니다. 제 주인님께선 그간 그랜드마스터 님에 대한 얘기를 별로 안 하셨거든요. 그래도 한번 시작하면…."

"그만. 그 정도면 됐어." 콜렉터가 가로막았다.

"짐 받아드릴까요, 그랜드마스터?" 킬란이 그랜드마스터 쪽으로 몸을 돌리며 물었다.

"짐이랄 건 없고 이거 달랑 하나야." 콜렉터는 쥐고 있던 가방을 킬란에게 던졌다. "귀중품이 들어 있으니 각별히 조심해서 다루도록. 그리로 지하에 접이식 침대 하나 준비해."

"접이식 침대라고?! 그것도 지하에?!" 그랜드마스터는 고함을 질렀다. "오, 아니지, 아니야. 그거로는 턱도 없어. 면으로 된 포근

한 침구를 달라고. 극세사로 짠 보들보들한 면으로. 온수 나오는 욕조도 있지? 족욕하는 데는 어디 있어?!"

"지금 내가 가진 거 몽땅 내어주는 거야. 고맙게 생각하라고." 콜렉터가 말했다.

"그럼 접이식 침대를 잘 펼쳐두고, 맛있는 식사를 준비하겠습니다." 킬란이 말했다.

"그 도둑놈 신원에 대해 뭐 좀 파악한 거 없나? 펑고 말로는 자기가 곧 도타키 해골을 입수할 거라던데. 어떻게 된 건지 바로 조사해."

"잘 알겠습니다, 위대한 콜렉터 님. 요즘 정보 수집할 시간이 별로 없어서…."

"최대한 빨리 이 문제를 해결하고 싶단 말이야." 콜렉터가 불끈하며 말했다.

"임무를 주신 지 채 몇 시간도 안 된 걸요. 그것 말고도 이런저런 할 일이 너무 많아서 바빴습니다." 킬란이 기어들어 가는 목소리로 말했다. "최선의 노력을 다하고 있습니다."

"더 노력해." 콜렉터는 속히 임무를 수행하러 가라고 킬란을 내쫓았다.

그랜드마스터는 킬란이 나가자 "착해 보이네"라고 말했다. "그런데 내가 어떤 음식을 즐겨 먹는지, 베개는 어느 정도 푹신한 걸 좋아하는지는 안 물어보네. 단단히 기억했다가 나중에 꼭 얘기해줘야지. 그건 그렇고 누가 뭘 훔쳐가기라도 한 거야, 티반? 그렇다면 심각한 문젠데."

"너와는 그 얘기 안 해. 신경 꺼."

콜렉터는 형제를 박물관의 핵심부로 데려갔다. 그랜드마스터는 구석구석 하나도 놓치지 않겠다는 기세로 눈알을 요리조리 굴려 속속들이 관찰했다. 그리고 자신과의 게임을 준비하여, 판단력을 최대한으로 발휘하려고 만반의 준비를 하고 있었다. 그는 형제의 약점을 알아내기 위해 관찰하는 곳마다 쓸 만한 게 없는지 눈에 불을 밝히고 찾았다. 아무래도 박물관에 대단히 충격적인 사고가 있었던 모양이었다. 말로만 들었던 소문을 두 눈으로 똑똑히 확인한 그랜드마스터는 이제 이 상황을 어떻게 이용하면 좋을까 궁리했다.

그랜드마스터는 콜렉터를 쿡 찌르며 물었다. "이게 그거야? 뭔가 굉장한 시설을 건설했을 거라고 짐작했었는데. 모르긴 몰라도 몇몇 사교계에서 그렇게 들었거든. '진기하고 기막힌 수집품들과 야수들로 가득한 박물관'이 있다고들 했어. 우리 둘 다 아는 어떤 친구는 네가 소버린의 인공 자궁을 갖고 있다고도 했는데. 이게 다야?"

드디어 형제와 함께 자신의 집으로 돌아온 콜렉터는 다시 어깨에 힘이 들어갔다. 그는 자신의 구역에 대한 고유 권한을 형제가 빼앗아가는 일이 없도록 철저히 단속할 작정이었다. 그래서 콜렉터는 단어 하나하나를 신중히 선택해서 느긋하게 얘기했다.

"운이 없어서 사고가 났고, 수집품들을 잃어버렸어. 큰 변화가 왔지. 그래도 나 잘 견디고 있어." 콜렉터는 단호한 어조로 말을 이었다. "그럼 목 축이게 뭐 좀 만들어줄게."

둘은 서재로 갔다. 콜렉터는 약초가 들어간 불로장생의 묘약을 기다란 유리잔에 담아 줬다. "노바 군단에서 공식 행사 때 귀빈들에게 대접하는 과일 혼합액이야. 마셔본 적 있지?

"노바 군단과는 안 친해."

"나도 그렇긴 한데, 비밀리에 그쪽에서 몇 명을 채용한 적이 있어. 그러니까 내 개인 업무를 마음 놓고 수월하게 볼 수 있더라고. 오롯이 내 일에 집중할 수 있었어." 콜렉터는 형제에게 음료를 건넸다. "특유의 시큼한 맛이 입에 맞을 거야. 맛있게 먹어."

"으음… 약초 맛이 나네." 그랜드마스터는 입술을 오므리며 말했다. 그 순간 생각하는 의자가 그의 눈에 들어왔다. "이 흉물스러운 물건은 뭐야?!"

"흉물스럽다니!" 콜렉터는 형제를 밀어 의자에 앉혔다. "앉아보고 말해."

그랜드마스터는 보드라운 쿠션이 덮인 긴 소파 위로 쓰러졌다. "이제 보니 편안하네." 그는 기지개를 쭉 켰다. "아예 여기서 잘까 봐."

"보다시피 내 집은 이런 상황인데 대체 왜 여기 들어오려고 한 거야? 이실직고하라고." 콜렉터는 잔에 든 묘약을 홀짝이며 대답을 기다렸다. "그 배은망덕한 놈들 하는 말만 듣고 그런 건 아닐 테고. 처음부터 낱낱이 말해. 하나도 빼먹지 말고."

그랜드마스터는 의자에 기대 천장을 보며 한숨을 내쉬었다. 한결 편해진 듯했다. 이윽고 최근에 있었던 일들을 회상하며 아쉬워하는 표정을 지었다.

"사카아르에 가본 적 있어? 폭력과 혼돈으로 가득한 곳이지. 여기저기 널린 벌레 구멍들이 하늘을 더럽히고 은하계에서 배출된 온갖 쓰레기들을 쏟아내. 악질 폭력배들은 그 빌어먹을 행성에서 탈출할 티켓 비용을 마련하려고 쓰레기 더미를 파헤치고 있지. 그런데 뉴스 속보에 따르면 사카아르 탈출 티켓은 애초에 없었다 더라고. 하지만 난 거기서 그곳만의 잠재력을 봤지. 사람들의 분노와 좌절감을 이용해 돈을 벌었어. 그것도 '떼돈'을. 챔피언 콘테스트를 기획했거든. 우주 최강의 생명체들을 불러 모아 전설적인 격투 시합을 연 거야. 최고 중의 최고들이 참가했지. 시합을 치를 때마다 액션과 드라마, 스펙터클을 모두 다 느낄 수 있었어. 난생처음 만족감을 느꼈지."

그랜드마스터는 가슴에 손을 얹고 눈을 지그시 감은 채 마치 꿈속을 떠다니듯 미소를 머금었다. "그토록 많은 종의 생명체들이 영광의 승리를 쟁취하고 스포츠 정신을 구현하기 위해 몸부림치고 물고 뜯으며 고군분투하는 모습이란, 그야말로 대장관이었어."

"도전자들은 어떻게 구했지?"

"음, 몇몇은 납치했고, 몇몇은 훔쳤어. 그런데 어떤 자들은 아무 짝에 쓸모가 없더라고. 그래서 뭘 쥐여주고 내 소유로 만들었지. 이를테면 스크래퍼 142처럼. 그 여자는 꽤 쓸 만했어. 한마디로 터프 걸이었지. 페이스페인팅이라고 얼굴에 색칠 분장을 한 여전사거든. 너도 알잖아. 내가 페이스페인팅이라면 껌뻑 죽는 거. 아름답고도 위협적이지. 재미 삼아 날개 달린 말을 태워주려고 했는데 말을 못 구했지 뭐야. 사실대로 말하면 내 운명의 여자가 아니었던 거지. 지극히 업무적인 관계였어. 그녀가 날 위해 격투 선수들을 물색해서 데려오면 난 그 대가를 지급했지."

"이문은 남았어?"

"오, 그렇고말고." 그랜드마스터는 기세등등하게 답했다. "관중이 구름 떼처럼 몰려들었어. 좋아 죽더라고. 온종일 경기장 입구에 진을 치고 있더니 문이 열리기 무섭게 해충들처럼 떼거리로 쏟아졌어. 이렇게 난 완벽한 사업가라는 걸 만방에 증명하고, 열광하는 관중들을 최대한 이용했어. 자고로 상품 기획을 잘해야 알짜 수익이 나는 법이지. 누군들 모를까. 그러니까 단순한 상품이 아니라 브랜드를 구축해야 한다고! 충성스러운 소비자들은 사실 아무 생각 없이 구매해. 조금만 미끼를 던지고 판을 깔아주면 고객의 지갑에 있는 걸 내 손에 넣을 수 있어. 나는 또 고지능 홀로그래픽 환경 접속 장치라는 첨단 장비를 확보해서, 내 모습을 담은 거대한 홀로그램을 하늘에 띄우기도 했어. 그러니 어찌나 아첨들을 하는지! 내가 무슨 그들의 신이라도 된 것 같았다니까."

콜렉터는 듣다 보니 점점 빠져들고 살짝 시샘도 났다. 하지만 그랜드마스터가 절대 눈치 못 채게 했다. "특별히 좋아하는 격투 선수는 없었나?"

그러자 그랜드마스터의 표정이 금세 환해졌다. "오, 내가 애지중지하는 챔피언. 사랑스러운 챔피언. 너무너무 그리워. 정말로, 미치도록, 뼈에 사무치게." 그러더니 잠시 말을 멈췄다. "그를 생각하니 이런저런 복합적인 감정들이 한꺼번에 밀려오는군."

"그 챔피언에게 모든 걸 걸기라도 했어?"

"다는 아니고. 거의 다. 그 말고도 강력한 선수들을 데리고 있었으니까. 무진장 많았다고. 특히 코그라는 크로난 종족 출신의 바위 인간이 강력했어. 한편으로는 여리고 장난기도 많았지만 힘은 끝내줬지. 격투 때마다 늘 흥미진진했거든. 그런데 뒤통수를 때리고 떠났지 뭐야, 천하에 배은망덕한 녀석. 내 밑에서 실컷 키워줬더니만. 언젠가 내 기필코 그놈을 찾아내 산산이 부숴버릴 거야. 아예 자체 재조립도 못 하게 온 은하에 뿌려버려야지. 자체 재조립이 가능한지는 잘 모르겠지만 유비무환으로 만전을 기하고 싶어. 또 누가 쏠쏠한 재미를 줬더라, 참 아는 선수 있어? '천둥의 군주'라고 알지? 금발에 정말 화날 정도로 잘생겼잖아. 안타깝게도 폭동 때 잃고 말았어. 눈 깜짝할 사이에 사라졌지."

"토르?!"

"응, 사실 좀 화가 났지. 잠재력 많은 친구였는데."

"아니, 화난다고 할 때의 소어(sore)가 아니라 토르(Thor)." 콜렉터가 바로잡아줬다. "네가 말하는 그 천둥의 군주 이름이 '토르'라고."

"아하 그렇군. 난 또 난데없이 언어장애가 생겼나 했네. 이름 따윈 관심 없어. 한낱 포로한테 본명이 있다 한들 누가 신경이나 쓰겠어? 잘못 관리하는 거지."

그랜드마스터는 불현듯 옛일이 떠올랐다.

"토르인지 뭔지 예전에 망치를 갖고 있다는 얘기를 들었어! 기억이 나. 내 부하 하나가 그 얘기를 해줬거든. 그런데 껄렁껄렁하게 내 앞에 나타났을 때는 손에 쥔 게 아무것도 없었어. 찬찬히 잘 살펴볼걸, 그랬네. 망치 같은 아이템은 너도 궁금하겠다. 오래가고 견고한 물건이라면 원체 사족을 못 쓰잖아."

그랜드마스터는 묘약을 꿀꺽 삼켰다.

"나 아스가르드 신족(神族)이랑 거래한 적 있어, 너도 알 텐데."

"아스가르드 신족? 재미난 이름이네. 전쟁도 해?" 그랜드마스터는 솔깃했다.

"신들의 영역이 총 아홉 개가 있는데 그중 하나가 '아스가르드', 거기 사는 종족이 아스가르드 신족이야. 어떻게 이것도 모를 수 있어?" 콜렉터는 그랜드마스터의 무지함을 비웃었다.

"엥." 그랜드마스터는 눈살을 찌푸렸다. "드라마를 써라. 난 왕국 같은 거랑은 안 친하지만, 네가 얘기하는 거니까 즐거운 마음으로 듣지."

"토르는 무모하고 괴팍한 사내아이였어. 애초에 신의 몸으로 태어났고, 힘은 센데 머리가 안 따라줬지. 나랑 마주친 적은 없었지만 얘기는 들었거든. 무척 다루기 힘들다고 했어. 친부인 오딘도 그랬다더군." 콜렉터가 자세히 설명했다.

그랜드마스터는 생각에 잠겨 고개를 갸우뚱했다. "천둥의 군주, 내 예상보다 꽤 많이 컸군. 하긴 그게 뭐 그리 대단한가. 마땅히 그래야지. 적응하거나 도태하거나! 이게 우주의 법칙이니까. 보나 마나 너는 토르의 망치를 입수하려 하겠지. 그 좁아터진 전시실에 전시되겠군."

그랜드마스터의 무지가 어찌나 무지막지한지 콜렉터는 격해졌다. "묠니르는 그냥 망치가 아니라 마법이 걸린 망치야. 심지어 내 능력으로는 들어 올릴 수조차 없다고. 뭘 좀 제대로 알고 말해."

"그럼 무지한 날 좀 깨우쳐 줘보라고." 그랜드마스터는 능청스럽게 웃었다.

'그래 주마, 이 버릇없는 녀석아.' 하고 콜렉터는 속으로 말했다.

"묠니르란 '때려 부수는 물건'을 뜻해. 신들의 왕국 아스가르드에 '우르(Uru)'라는 절대로 부서지지 않는 신비의 금속이 매장되어 있는데 오딘이 그걸로 만들었어. 그래서 그 어떤 공격도 다 막아내고, 다양한 마법도 부릴 수 있지. 토르가 날씨를 마음대로 조종하는 것도 그 때문이야. 토르 하면 묠니르, 묠니르 하면 토르, 둘은 불가분의 관계지. '누구든 자격이 되는 자가 이 망치를 들면 토르의 파워를 갖게 된다.'는 말도 있듯이. 묠니르 없는 토르는 별 볼 일 없는 사내에 불과하지."

"재밌네." 그랜드마스터는 턱을 쓰다듬으며 말했다. "그러니까 토르에게 망치가 없어서 내 인생이 이 모양 이 꼴이 된 거로군."

"그래? 대체 얼마나 심하게 망쳐놓은 거야?" 이렇게 묻는 콜렉터에게는 형제의 불행에 공감하는 기색이 전혀 없었다.

그랜드마스터는 의자에서 불편한 듯 몸을 꼼지락댔다. 형제에게 진실을 털어놓고 거북한 심기를 훌훌 털어버리고 싶었지만 지금은 때가 아니었다. 아직 일렀다.

"뭣 좀 물어보자."

그랜드마스터가 화제를 돌렸다.

"다른 누군가가 토르가 되면 어떨까? 토르의 힘을 물려받을 수 있을까? 망치를 휘두를 수 있을까? 그런 게 가능하려나?"

"이를테면, 토르의 역할이 개구리에게 부여되면 개구리가 토르의 능력을 이식받는 식이지."

그랜드마스터는 가능성을 고려해봤다. "어쩌면 코비나이트 종족이라면 가능할 듯해. 늙은이는 말고. 토르는 특별해야 하거든. 그런데 워낙에 재미없고 따분한 종족이라서 적당한 대상을 물색하기가 힘들 거야. 하지만 인공두뇌를 확장시켜 코비나이트 종족에게 아스가르드의 망치를 장착시키면 어마어마하게 위협적인 대상으로 거듭날 수 있을 거야. 그냥 생각해봤어!"

콜렉터는 형제가 기뻐하는 걸 보고 소싯적 함께 수다를 떨던 시절이 그리워졌다. 서로 허물이 없던 그 시절에는 다른 누구보다 서로를 잘 이해했었다.

"누가 날 열받게 하는지 알아?" 그랜드마스터가 물었다. "바로 천둥의 군주의 형제, '로키'야. 지나치게 알랑거리는 협잡꾼이지, 안 그래? 오늘은 내 편이었다가 다음엔 전쟁을 선포하지. 실실 쪼개기나 하는 사기꾼 녀석."

콜렉터가 말했다. "나 예전에 레이디 시프랑 볼스탁하고 거래한 적이 있어. 아스가르드 전사들이야. 나름대로 이성적인 듯했어. 내가 머리 숙여 인사까지 하니까 자기네가 상황을 장악한 줄 알더라고. 아스가르드인들은 충성스럽게 대해주면 원하는 걸 내줄 거야."

"좋은 정보군. 그런데 왜 하필이면 아즈부르즈 종족에 관심이 많았던 거야?"

"아즈부르즈가 아니라 '아스가르드'라니까. 그들이 내게 에테르란 아이템을 선물해줬거든." 콜렉터는 생각하는 의자에 기대며 말했다.

"그게 뭔데? 어디에 꼭꼭 숨겨둔 거야? 나라면 보란 듯이 전시해서 적들에게 힘이란 게 뭔지 알려줬을 텐데."

"거듭 말하지만 형제여, 난 너완 다르다고."

콜렉터는 박물관에서만큼은 대화를 리드하고 있었다. 지금은 리얼리티 스톤이나 다른 인피니티 스톤에 대해 왈가왈부할 때가 아니었다. 그랜드마스터의 관심을 딴 데로 돌려야 했다.

"그 기상천외한 격투 시합 얘기로 날 좀 즐겁게 해줘. 그 얘기에 완전히 꽂혔어. 그 챔피언 얘기 좀 더 해봐. 가히 경이로운 존재 같은데."

그 순간 콜렉터는 형제의 유리잔이 비어 있는 걸 보고 서둘러 묘약을 채워줬다.

"그래서, 그 챔피언 이름이 뭐야?"

"헐크." 그랜드마스터는 그리움에 사무친 목소리로 말했다. "헐크 알아?"

당연히 알고 있었다. 콜렉터는 헐크라는 이름만 들어도 흥분됐다. 바로 헐크 같은 괴력의 생명체를 박물관에 전시하고 싶었다. 하지만 그렇게 거대한 생명체를 수용할 시설이 없었다. 헐크는 위험할 수는 있지만 그것을 감수하고도 남을, 측정 불가한 가치가 있었다. 헐크가 우주를 방랑하고 있다는 소문이 있었던지라 현재 사카아르에 있다는 소식을 듣고도 그리 놀랍지 않았다. 그랜드마스터가 헐크의 포악함을 몸소 경험해봤다니 살짝 질투가 났지만 애써 체통을 지키기로 했다.

"헐크가 에르고나르 출신인 걸로 알고 있는데. 말총머리에 주황색 피부였던 것 같은데. 헷갈린 게 아니라면 말이야."

그랜드마스터는 콜렉터를 깔봤다.

"아니지, 아니야! 지구 출신이야! 게다가 얼마나 웅대한지, 매머드급이야. 근육이 유성만 해. 피부는 초록색이고. 입이 딱 벌어질 정도로 굉장해. 내 우상, 나만의 챔피언! 우락부락한 근육질의 괴물 같은 존재지. 나중에 알게 됐는데 브루스 뱅크스라고 불리는 시한폭탄 같은 존재였어."

콜렉터는 이때다 싶어 틀린 걸 바로잡았다. "배너. 헐크 본명은 브루스 배너야."

그랜드마스터는 눈썹을 추켜올리며 말했다. "그래서 넌 개인적으로 헐크를 알기나 해? 거짓말쟁이 같으니라고."

"아니. 그래도 헐크가 분노에 찬 괴물이 아닐 때는 훌륭한 과학자란 사실은 알고 있지. 무려 세 군데 소식통을 통해 들은 얘기야. 신뢰할 만한 정보통이었는데, 정말로 매력적인 표본 같았어."

"네 컬렉션에 헐크가 들어가면 더없이 완벽할 텐데. 문제는 네게 헐크를 포섭할 의지가 있느냐지. 능력이 아니라." 그랜드마스터는 목을 빼고 두리번거리며 주위를 뜯어봤다. "여기 꼴을 보니까 뭔가 관심을 확 끌어들일 만한 매력적인 요소가 한두 가지 필요해. 정말 퇴물로 보이는군."

"나아지고 있어. 세상만사 다 기복이 있는 법이지."

"그렇긴 해." 그랜드마스터는 묘약을 벌컥 들이키고는 한숨을 내쉬었다. "너무 그리워. 사카아르도, 격투 시합도. 참, 챔피언에 등극한 선수들에게 포상을 받을 권리가 있다고 일러줬어. 말하는 걸 깜빡했네. 원하는 뭐든지 받을 수 있다고 했어. 아무 조건 없 이. 그리고 실천에 옮겼다고. 나 멋지지? 그럴 때마다 너무 뿌듯했 어. 그런데, 사실 공개 처형하는 것도 진짜 좋아해. 흠, 세상에 완 벽한 사람이 어디 있겠어." 그랜드마스터는 잔을 들어 올렸다. "전 진과 비상을 위하여!"

쨍그랑!

킬란이 서재로 달려 들어와서는 헐떡대며 미친 듯이 손을 앞뒤 로 흔들었다.

"무슨 일이지, 노예?" 콜렉터가 물었다.

킬란은 거칠게 숨을 몰아쉬었다. "두 분을 위해 맛있는 식사 를 준비하려고 하는데, 청소하다가 먼지 티끌 하나를 놓친 게 생 각났어요. 그러니까 또 일간 재고 조사 목록에서 두 번째 항목을 못 끝낸 게 떠올랐어요. 실망을 끼쳐드리고 싶지 않았고, 그래서 새 임무에 착수하기 전에 기존 임무부터 마무리 짓는 게 급선무 일 것 같았어요."

킬란이 장황하게 늘어놓자 콜렉터는 신경이 날카로워졌다. "요 점을 말해. 대체 그 소리는 뭐였어? 또 뭘 망가뜨린 거냐고?"

"걱정 마세요, 위대한 콜렉터 님. 뭘 망가뜨린 건 아니고요, 그냥

전채 요리 접시를 떨어뜨렸어요. 두 분이 이 역경을 헤쳐나가시는
데 도움이 될 만한 걸로 요리했어요. 어서 가서 가져올게요. 그런
데 드시기에 좀 무리일 듯해서 지하실에 있는 잔다르 불더 크러셔
에게 주려고 하는데 괜찮을까요? 그럼 먹이를 아낄 수 있거든요."

콜렉터는 지쳤다는 투로 말했다. "그래, 좋아. 그리고 당장 꺼져
버려."

킬란은 쫓겨났다. 콜렉터가 괴로워하는 사이 그랜드마스터는
킬란에게 윙크를 보냈다.

그랜드마스터가 말했다. "킬란 말이야, 수수께끼 같은 존재군.
그 파란 비늘이 마음에 들어. 게다가 호리호리하고. 팔씨름도 할
수 있어?"

"아니."

"지하실에 잔다르의 불더 크러셔가 있다고? 내 잠자리가 될 곳
에?"

"새장에 갇혀 있어. 봐도 잘 모를 거야. 어서 하던 이야기나 끝
내. 사카아르에서 대체 무슨 일이 있었던 거야?"

그랜드마스터는 풀이 죽어서 긴 한숨을 내쉬었다.

"천둥의 군주와 코그를 위시한 조무래기 악당들이 반란을 일
으켰어. 아무래도 목숨을 바쳐 죽을 때까지 싸우기는 싫었나 봐.
내 아름다운 탑도 약탈했어. 챔피언도 날 떠났어. 죄다 파괴됐어.
공포의 도가니였지. 애지중지하던 빈티지 우주선도 잃어버렸어.

그래서 지금은 다 잃고 빈털터리야. 생각만 해도 우울해. 사카아르 시민들과 좋은 관계를 유지하기는 글렀구나 싶어 여행길에 올랐어. 그리고 여기 왔지. 그 이유는…."

그랜드마스터의 목소리가 잦아들었다. 묘약을 비우자 유리잔 바닥에 붉은 모래가 있었다. 조금은 감탄하기도 하고 이해도 한다는 감정이 그랜드마스터의 얼굴에 묻어났다.

"잘했어, 형제. 난 언제든지 크벨리언 진실 소스(크벨리언족이 만드는 되직한 소스로, 마시며 누구든지 진실을 말하게 됨-옮긴이), 요 성분이 있으면 딱 알아봐. 왜 이렇게 혀가 따끔거리나 했는데, 맛이 가서 그런 거였네."

콜렉터는 무표정으로 일관했다. "무슨 말인지 모르겠는데."

"음, 네가 원했던 정보를 얻은 거란 의미야. 내 속내를 보였으니, 이젠 네 차례야." 그랜드마스터는 위협하듯 말했다. "설마 내가 에테르가 뭔지도 모른다고 생각해? 어렸을 때 넌 에테르를 잠꼬대로 말할 정도였지. 매일 밤마다 말이야. 그만 뭉그적거리고 솔직해지시지. 인피니티 스톤을 보여줘."

Chapter

5

그랜드마스터는 눈 한 번 깜빡 안 하고 형제를 빤히 쳐다봤다. "내가 아픈 데를 건드린 건가?" 그는 입을 크게 벌리고 웃으며 말했다. "그래서 그 돌 어디 있어? 아니 그 돌들. 내가 인피니티 스톤에 대해 알고 있는 게 사실이라면, 서로 가까이 두는 게 위험할 수 있어. 물론 너도 알고 있을 테지만. 평생 그토록 강한 애착을 갖고 있는데 당연하겠지."

콜렉터는 생각하는 의자에 푹 파묻혀 의자 양옆을 움켜쥐며 침묵을 지켰다.

"인피니티 스톤이라는 말만 해도 마법처럼 사악한 힘을 부르게 될까 봐 무서워서 그러는 거야? 하아! 네가 이 정도로 겁쟁이인 줄은 아무도 모를 거다."

"무섭기는 뭐가 무서워!" 콜렉터는 소리쳤다.

그랜드마스터는 자리에서 일어나 허리춤에 손을 대고 형제를 응시한 채 답을 기다렸다.

"다크 엘프라고 악명 높은 고자질쟁이들이 있지. 그 녀석들이 나한테 뭐라고 했는지 궁금하지 않아?"

"전혀."

콜렉터는 자리를 박차고 일어났다. 속으론 궁금했지만 티를 내지 않았다. 인피니티 스톤 얘기는 하고 싶지 않았다. 아직은. 지금으로선 그랜드마스터가 뭔가 꿍꿍이를 숨기고 있지는 않은지, 대체 무슨 속셈으로 자신을 찾아왔는지 알아내야 했다. 인피니티 스톤 관련 비밀을 누설하기 전에 속히 파악해야 했다. "동물원 둘러보려고 하는데 준비됐어, 형제?"

"글쎄." 그랜드마스터는 발끈하며 말했다. "그런데 그랜드마스터로 부르면 어때? 난 그게 더 좋은데."

'어련하실까. 그게 더 좋겠지. 자존심이 하늘을 찌르는 오만 방자한 자식아.' 콜렉터는 속으로 생각했다.

"내 사랑하는 형제여, 자네를 위해서라면 뭔들 못 불러주겠어. 말 그대로 위대한, 그랜드마스터니까."

콜렉터는 그랜드마스터를 박물관 핵심부로 데려와 둘러보기 시작했다. 동물원 옆을 지나가노라니 지나간 시간이 물밀 듯 뇌리 속을 파고들었다.

옛 추억에 잠긴 채 한쪽 모퉁이를 가리키며 말했다. "생명을 탄생시키는 기능을 하는 '소버린의 인공 자궁'이 있던 자리야. 아이샤라는 여왕에게 불만을 품은 부하에게 샀던 거였지. 아이샤 밑에 있을 때 훔친 걸 내게 팔았는데 듣기로는 그 일로 후에 목숨을 잃었다고 하더라고. 딱한 자야. 아무래도 지난번 사고로 인공 자궁이 형체도 없이 망가졌을 테고, 아이샤도 최신형으로 새로 장만했을 테지. 괴상한 생명체를 또 생산해야 하니까."

이번에는 빈 우리를 가리켰다. "내 다크 엘프, 흔적도 없이 탈출해버렸어. 철창신세에 퍽이나 수다스러웠었지. 네 말대로 고자질쟁이였어. 아마 전투에 나가도 못 버티고 나가떨어질 게 뻔해. 안 봐도 눈에 선해. 그나마 멸종 위기에 처한 종이라 수집해뒀지. 그런데 밤마다 울부짖던 모습을 생각하면 좀 그립긴 하네. 부디 복수하려고 되돌아오는 불상사가 없기를."

콜렉터는 또 다른 우리로 이동했다. 박살이 난 유리가 뾰족뾰족 날을 세우고 있었다. "여기 갇혀있던 서리 거인은 다크 엘프에 비해 말수가 없었어. 쌀쌀맞은 데다 농담 한마디 할 줄 몰랐지. 다크 엘프랑 서로 몸짓을 주고받곤 했는데, 탈출하려고 어둠의 마법을 부렸던 것 같아. 다른 세계 생명체들의 속성은 정말 모르겠어. 사고로 혼란스러운 통에 목숨을 잃은 제로니언족 여자도 기억이 나는군. 고분고분하고 조용했는데. 납치해서 여기 데려온 후로 한 번도 싸움에서 이겨본 적이 없었어. 저세상으로 가버려서 유감이지만. 운도 지지리도 없지. 하필 그때 여기에만 안 있었어도 참변을 안 당했을 텐데. 그래도 먹성이 좋아 늘 살집이 좋았으니 다행이었지. 참, 카리나가 조잘조잘 책도 읽어주곤 했어. 어찌나 다정했는지 몰라."

"카리나? 그게 누구야?"

"알 거 없어."

둘이서 초토화된 전시 공간을 하나씩 찬찬히 둘러보는 중에 콜렉터는 그랜드마스터가 뭔가 알고 있는 듯 음흉한 시선으로 쳐다보는 걸 느꼈다. 왠지 모를 동정심이 가득한 눈빛이었다.

"차곡차곡 수집한 컬렉션을 얼마나 귀하게 여겼는지 말 안 해도 알겠다."

그랜드마스터는 선반에 하나만 덩그러니 남겨진 물건 쪽으로 다가갔다. 기다란 손잡이 끝에 뻣뻣한 털이 달려 있었다.

"크리라는 고대 외계 종족의 칫솔이야. 사용된 적은 없어."

"딱히 놀랍지도 않은걸. 크리 종족이 구강 위생으로 유명하단 얘기는 못 들었으니."

"수집품 중에 시체들은 대부분 산산조각이 되어 날아갔지. 일부는 어렵지 않게 다시 채워 넣었는데 나머지는 못 했어." 콜렉터는 말코손바닥사슴의 뼈를 가리켰다. "저건 지구의 짐승이라고 들었어. 이 녀석들의 역사에 대한 글도 읽어봤는데, 아 너무 지루하더군."

그랜드마스터는 텅 비어 있는 전시대에 발을 갖다 대며 물었다.

"여긴 뭐가 있었어?"

콜렉터는 자신이 온 마음으로 좋아하는 것을 회상할 때면 눈에서 초롱초롱 빛이 났다.

"지구인의 우주복. 내가 틀린 게 아니라면 지구 최초의 우주복이지. 몰라, 또 내가 틀릴 수도 있고. 내가 지구에 관해 알고 있는 정보들이 상당 부분 믿을 수 없는 출처에서 비롯된 거라서 말이야. 초기 우주복이야. 주황색에 푹신푹신하고 헬멧은 꽤 크고 무거워. 지구인들은 우주 탐험 분야에서 귀중한 존재지. 세상에는 배울 게 여전히 많다는 것만 알고 있다면 금상첨화일 텐데. 자, 또 다른 걸 보러 가자."

둘은 박물관의 별관으로 들어갔다. 콜렉터가 최근에 발견한 물건들이 보관되어 있었다. 사고 이전만큼은 감동적이지 않았지만 그만하면 훌륭했다. 콜렉터에게 재기의 힘을 줄 수 있는 것들이었고, 콜렉터도 그렇게 여겼다. 그러던 중 콜렉터가 가장 아끼는 수집품이 나타났다.

"이건 '셀레스티얼의 창'이야. 영원한 창조자가 하늘에서 던졌다고 하지. 터무니없다고 생각할 수도 있지만." 콜렉터는 기다란 창을 빼냈다. "할인가에 사들였어. 만듦새가 기가 막혀."

그랜드마스터는 창을 가로채 손가락으로 꼭 눌러봤다. "합성 소재로 만든 게 분명해. 진품이 아니야. 박물관에 이런 걸 소장하고 있다니 부끄러운 일이군."

콜렉터는 창을 빼앗아 제자리에 뒀다. "어디 멍청한 놈에게 팔아버려야지."

둘은 쭉 돌면서 노바 군단의 헬멧, 비밀의 마스크, 신원 불명의 조류 박제 등 몇 점을 더 살펴봤다. 콜렉터는 옆에 있는 선반에서 작고 빨간 상자를 집어 들었다. 빨간색 펠트 천이 씌워져 있었다. 콜렉터는 상자를 열어 강철로 된 은빛 칼을 끄집어냈다.

"이건 반다리안 종족의 버터나이프야."

그랜드마스터는 미소를 지었지만 별 감흥은 없었다.

"음, 그래도 치타우리 종족의 블라스터는 있네." 그랜드마스터가 천장에 매달린 거대한 무기를 가리켰다.

"그거 망가졌어. 이 지역에 사는 치타우리족 수리공에게 연락했는데 아직 답이 없네." 콜렉터는 형제가 지루해하는 걸 눈치챘다. "민달팽이 보여줄까? 쓰다듬어주면 괴상하면서도 좋은 소리를 내. 아니면 엄청나게 부유한 외교관에게 선물 받은 판도리안족의 수정 목걸이 볼래? 근사해. 고가품이지. 그거 확보하느라 얼마나 고생했는지 말해도 모를 거야."

"사실 난 네가 이보다 훨씬 많은 '생물체'를 보유하고 있을 거라 생각했어. 생명체나 야수에는 더 이상 관심이 없는 거야?"

"어떻게 그런 어리석은 질문을 할 수 있지?! 내가 가장 애착을 갖는 게 바로 생물이야. 밑천만 있으면 태양계 모든 행성에 있는 생물 표본을 수집했겠지. 넌 눈치 못 챘을 수도 있겠지만 최근에 자본 사정이 영 안 좋아서."

"그런 것 같더라고." 그랜드마스터는 부드럽게 답했다.

"그렇게 느꼈어? 정말?" 콜렉터는 다시 부아가 치밀었다. "그럼 내 박물관에서 구경한 거, 죄다 쓰레기, 폐물로밖에 안 보였겠네. 내가 무슨 일을 겪었는지 하나도 모르면서."

"그럼 소상히 얘기하면 될 거 아냐. 답답하게 그러지 말고 속 시원히 말해봐, 티반. 대체 박물관에 무슨 끔찍한 일이 있었던 거야?

어서 털어놔. 내 직감으론, 네가 늘 안달복달했던 그 빌어먹을 인피

니티 스톤과 관련이 있는 게 확실한데. 복장 터지게 하지 말고!"

콜렉터는 한숨을 쉬었다. 그랜드마스터가 옳았다. 진실을 밝힐

때였다. 더는 형제를 이길 수가 없었다. 그는 그랜드마스터를 라운

지로 데리고 와서 음료를 만들어줬다. 이번에도 그랜드마스터는

신기한 물질이 들어 있는지 확인했다.

"마치 어제 일처럼 생생해. 진부한 표현 같지만 사실이 그래."

콜렉터는 얘기를 시작했다. "내 노예 카리나가 내 박물관을 파

괴했어. 카리나가 '가디언즈 오브 갤럭시'랑 약속을 잡아줬어. 당

시만 해도 별 볼 일 없는 집단이었지. 물론 아직도 그렇지만. 말

해두는데 이 이야기의 주인공은 그들이 아니라 나야, 나. 그들은

내가 오랫동안 원했던 걸 들고 찾아왔는데, 바로 인피니티 스톤

중 하나였어. 정확히 말하면 '파워 스톤'이었지. 가격 협상이 진

행되면서 왠지 카리나가 초조해하더라고. 그러다 갑자기 스톤을

움켜쥐더니 날 파괴할 수 있는 힘을 달라고 빌더군. 자신의 주인

인 나를. 입혀주고 먹여줬는데. 상상이 돼? 내 밑에서 지내는 데

불만이 쌓였던 거였지. 호화로운 포로 생활에서 벗어날 궁리를

해왔던 거야. 그런데 카리나가 손에 쥐고 있던 파워 스톤이 폭발

하고 말았어. 카리나도 불타버리고 박물관도 상당 부분 불타버

렸어. 다행히 난 목숨을 보전했지. 여남은 물건과 함께. 파워 스톤을 수중에 넣을 찰나였어. 그 본질이 느껴졌어. '거의 들어왔다'고 생각할 바로 그때, 완전히 종치고 말았지." 콜렉터는 잠시 멈칫하더니 말을 이었다. "그 후로 여러 복잡한 감정에 시달렸어. 공허감, 불안감 등등. 허탈하기 짝이 없었어. 파워 스톤을 열심히 찾아 헤맸지만 소용없었지. 점점 초조하고 불안해지면서 급기야 기력이 쇠해버리고 말았어. 동물원을 원상태로 복구하려면 한없이 힘들겠지만 어쩌겠어? 콜렉터니까 수집해야지." 그러더니 재깍 정신을 차리고 현실로 돌아왔다. "앤 드위, 무슨 말이든 하고 싶은 대로 해봐. 그 얇은 입술 사이에서 욕이 튀어나오려고 안간힘을 쓰는 것 같은데."

"형제의 아픈 상처를 두고 군이 약 올릴 필요가 있을까." 그랜드마스터의 목소리는 담담했다. 이쪽도 저쪽도 아닌 어중간한 입장이었다. "박물관을 도는 내내 네가 가는 곳마다 고통스러워하더라고. 참으로 딱하더라. 하지만 이게 다 분수에 안 맞게 큰 힘을 탐하는 바람에 생긴 불상사 아니겠어."

"그러는 넌 인피니티 스톤에 어떤 힘이 있는지 알기나 해? 아무것도 모르면서! 스톤에 어떤 능력이 있는지 이해조차 못 하지. 스톤의 파워를 무시하잖아! 높이 평가한 적이 단 한 번도 없어!"

"그럼 가르쳐주면 되겠네!"

그랜드마스터는 소파에 누워 유연한 팔다리를 요리조리 움직여 편한 자세를 취했다.

"네 학생이 되지."

콜렉터는 짐짓 놀랐지만, 어차피 이 시점에서는 아무것도 잃을 게 없었다.

"정신 차리고, 잘 들어."

콜렉터가 손가락으로 툭툭 소리를 내자 실내가 어두워졌다. 홀로그램 조명이 눈부시게 번쩍였다. 눈앞에서 우주의 탄생이 펼쳐지고, 수업이 시작됐다.

"우주의 창조에 대해서는 어느 정도 알고 있다고. 너무 따분하단 말이야." 그랜드마스터는 불평했다. "본론으로 들어가자고. 그 멋진 스톤들이나 보여줘."

콜렉터는 손목을 움직이며 방 안 가득 찬란한 무지개를 띄웠다. 빨강에서 파랑, 초록, 노랑, 주황, 보라에 이르기까지 이 무지개는 혜성처럼 빙빙 돌다가 인피니티 스톤으로 탈바꿈했다. 각각의 스톤은 공중에 매달렸고 축제의 장식처럼 영롱한 빛을 뿜어냈다.

그랜드마스터는 그 아름다움에 흠뻑 매료되었다. "바로 이걸 말했던 거야." 그는 입을 헤 벌렸다. "굉장하군."

"사실 그 이상이지. 세상 만물을 합쳐 놓은 거나 다름없어. 한마디로 우주의 열쇠요, '모든 것'이야."

그랜드마스터는 의심이 들었다. "정말로 그래? 진짜로? 굉장히 인상적이기는 하지만, 과연 모든 것이라고 할 수 있을까? 확신이 안 서네."

"이걸 보면 생각이 바뀔걸."

콜렉터는 또 다른 홀로그램을 띄웠다. 이번에는 인피니티 스톤의 모든 걸 파괴하는 힘을 이용해 한 무리의 거대한 괴수가 우주를 뛰어다녔다.

"무릇 힘이 있으면 모든 걸 무찌를 수 있지. 인피니티 스톤은 네 그 미약한 마음으로 상상할 수 있는 것보다 훨씬 막강한 힘을 갖고 있어. 지금 눈앞에 보이는 거대한 물체들은 셀레스티얼이란 외계 종족이야. 인피니티 스톤의 힘을 알아보고 그걸 이용해 상상을 초월하는 능력을 얻어 온 세상을 공포로 몰아넣은 전지전능한 존재들이지. 셀레스티얼은 소리 없이 조용히 움직이면서 어디든 파괴하고 싶은 행성이 있으면 깡그리 파괴했어. 그런데 어느 순간 통제력을 잃으면서, 크리, 아스가르드, 다크 엘프 등 세력이 약한 종족에게 스톤이 넘어가고 말았지. 스톤은 수 세기에 걸쳐 이들 종족의 문명을 변화시켰어. 어떤 종족은 발전하고 어떤 종족은 퇴보했지. 강대한 종족만이 스톤을 조종하고 그 능력을 최대한 이용했어. 인류와 같이 약소한 종족은 스톤이 가진 절대적 힘을 헤아릴 수 없었지만 그 매력에는 사로잡혀 있었지. 인류가 스톤을 건드리려고 하면 함께 붙어 있던 여섯 개 스톤이 괴력을 발휘하며 흩어져버렸어. 찬란하고도 위협적인 광경이었어. 스톤들은 자체 보호를 위해 스톤을 안전하게 감싸는 봉인 장치를 갖추게 됐지. 파워 스톤은 오브(Orb), 마인드 스톤은 셉터, 스페이스 스톤은 테서랙트, 타임 스톤은 아가모토의 눈, 그리고 알다시피 리얼리티 스톤은 에테르."

마지막 리얼리티 스톤 부분에서는 사뭇 단호한 어조로 말했다. 스톤을 포함한 다섯 가지 아이템이 그랜드마스터의 눈앞에 가시화되었다.

"너무 매혹적이다." 그는 그 장엄한 면면을 살피며 말했다. "저 주황색 스톤은 어떤 거야? 어디에 있어?"

"소울 스톤이지. 어디에 있는지, 어디에 들어 있는지 아무도 몰라." 콜렉터는 얼버무렸다. 실은 아픈 사연이 있었다.

"여하튼 인피니티 스톤을 어딘가에 넣어두면 찾기가 어려워. 하지만 불가능한 건 아니야. 너도 알다시피 스톤 자체는 절대로 파괴되지 않거든. 아무리 해도 깨트릴 수 없어. 숱한 시도가 있었지만 번번이 실패했지. 인피니티 스톤의 위력은 우주 최강이고 한 치도 의심할 여지가 없어. 스톤끼리 대화도 한다고. 이래도 안 궁금해?"

콜렉터는 빛을 발하는 홀로그램을 타고 미끄러지듯 내려왔다.

"파란색의 스페이스 스톤이 있으면 우주여행을 할 수 있어. 순간이동을 하거나 포털을 개방해서 하게 되는 거지. 우주 곳곳으로 순식간에 접근할 수 있는데, 단 올바로 사용해야 해. 허투루 사용했다가는 재앙을 초래할 수 있거든. 스페이스 스톤은 어마어마하게 강력한 에너지원이기도 해. 테서랙트라는 정육면체의 격납고에 보관되는데, 인간의 손에 들어갔다가 지금은 아스가르드 종족이 갖고 있어."

콜렉터는 광채를 발하는 노란색 스톤 쪽으로 다가가 홀로그램을 부드럽게 회전시켰다.

"노란색의 마인드 스톤은 약자를 조종하고 그들의 마음을 자유자재로 움직이는 능력을 줘. 생각해봐. 명령만 하면 노예들이 득달같이 달려온다고."

콜렉터는 잠시 호흡을 가다듬었다. 설명하기에 가장 어려운 스톤이었다.

"보라색의 파워 스톤은 극한의 능력에 도달하면 모든 행성을 파멸시킬 수 있어. 스톤의 에너지가 워낙에 위험하고 사나워서 그걸 통제하는 차원에서 오브 속에 가둬두게 됐어. 그 힘이 얼마나 오래갈지는 미지수야. 하지만 파워 스톤의 능력을 극히 일부나마 목격한 사람으로서 확신을 갖고 말하는데, 힘이 오래 지속되지는 않을 거야." 콜렉터는 자기도 모르게 몸서리를 치며 설명을 계속했다. "초록색의 타임 스톤을 지니면 나이를 초월해 이동할 수 있고, 시간을 크고 작은 단위로 조종할 수 있어. 필요에 따라 역사를 바꿀 수도 있지. 적의 나이를 깎아내려 적을 아예 없애버리고, 과거나 현재를 엿볼 수도 있어. 또 생명체를 영원히 한순간에 살도록 가둬버리는 타임 루프 능력도 있어. 이건 유난히 사악한 능력인 것 같아."

"그럼 주황색 스톤은? 어떤 능력이 있지?"

콜렉터가 고개를 저었다. "소울 스톤은 어디에 있는지도 모르고, 힘이 어느 정도인지도 몰라. 스톤 중에서 가장 베일에 싸여 있지."

콜렉터는 그랜드마스터를 주시했다.

"그리고 알고 있을지도 모르지만 빨간색의 리얼리티 스톤은 우리의 존재 자체를 바꿀 수 있는 예측 불가능하고 치명적인 힘을 지니고 있어. 일명 '에테르'로 알려진 무형의 물질인데, 유동성의 붉은 덩어리가 조종자의 몸을 점령해 무한한 체력과 예측 불가능한 파워를 줘."

그랜드마스터가 킥킥거렸다. "인피니티 스톤에 이런 능력이 있었다니 미처 몰랐네. 사실 네가 이런 걸 갖고 있다니 취향에 안 맞게 너무 잔인하다고 생각했어. 실제로 보여줘. 에테르를 작동시켜 보자. 킬란에게 시험 삼아 써보자고!"

"지금은 그럴 기분이 아니야. 스톤들을 막 떠벌려 소개할 만한 처지가 아니잖아."

"아, 그래? 알겠어." 다소 의심스러운 목소리였다. 그랜드마스터는 소파에서 일어났다. "그 기분이 좋아지는 묘약을 한 잔 더 마셔야겠어. 물론 진짜 묘약은 입에 담지도 못하겠지만."

"앉아. 아직 안 끝났어." 콜렉터가 툴툴댔다.

삼차원 홀로그램으로 실현된 스톤들이 공중에서 서로를 추적한 다음, 밝게 빛나는 황금색 전투 장갑을 조립했다. 그러자 그 광채가 실내 가득 퍼져나갔다.

"각각의 인피니티 스톤마다 고유한 능력이 있지만, 합체해서 사용할 수도 있어. 이 황금색 전투 장갑을 '인피니티 건틀렛'이라고 하는데 이걸 가진 자는 전체 스톤의 힘을 하나로 모아 방출할 수 있어. 결코 쉬운 일은 아니야. 그걸 시도했던 이들은 죄다 목숨을 잃었거든. 인피니티 건틀렛은 조종자의 마음에 바로 연결돼. '경험이 없는' 조종자에게는 상당히 위협적일 수 있어. 누가 건틀렛을 만들었는지는 확실치 않지만 짐작이 가는 데가 있긴 해."

그랜드마스터는 인피니티 건틀렛의 광채를 경건히 응시하며 형제를 봤다.

"오 이런, 홀딱 빠져 있군. 지금까지 네가 왜 그렇게 강박 수준으로 집착하는지 도무지 이해가 안 됐어. 스톤들이 필요할 순간에 위로가 됐구나, 그렇지? 스톤 탐색에 몰두하면서 외로움을 잊었나 보군, 안 그래, 티반?"

그러자 콜렉터는 또 약이 올랐다. 하지만 자제력 잃은 모습을 들키고 싶지 않아서 최대한 평정심을 유지하려 애썼다. 힘들 때 자신을 위로한 건 바로 추억이었다. 인피니티 스톤이 어디에 있는지 몰랐던 어린 시절, 스톤이 밤하늘에 소용돌이치는 꿈을 꾸곤했기에 그의 마음속은 언제나 스톤의 광채로 물들어 있었다. 꿈

속에서 본 스톤은 휘황찬란하고 신비로웠다. 상상 그 이상의 엄청난 힘이었다. 아침에 일어나면 기억을 되살려 스톤을 그려보곤 했다. 나이가 들면서 스톤의 성질을 파악하게 되자 스톤 확보를 위한 탐색에 나섰다. 우주를 돌아다니고 온 은하를 샅샅이 뒤지며, 이 세상의 좋은 꼴, 안 좋은 꼴을 다 보고 산전수전을 겪었지만, 스톤들은 요리조리 그의 손아귀를 빠져나갔다. 그래도 스톤을 향한 욕망은 식지 않았다. 오히려 잡히지 않는 데 자극을 받아 소유욕이 더욱더 활활 타올랐다. 결국 인피니티 스톤이 콜렉터라는 사람을 만든 셈이었다. 둘의 역사는 영원으로 연결되어 있었다.

"그래. 내 기억이 닿는 한 난 오롯이 스톤 탐색에 심취해 있었어. 인피니티 스톤을 조종하는 자가 곧 이 세상의 지배자거든."

그랜드마스터가 입을 열었다. "그럼, 인피니티 스톤을 찾자. 둘이서 같이."

Chapter

6

"저녁 식사 나왔습니다!" 킬란이 활짝 웃으며 서재에 있는 탁자 위에 기괴하게 생긴 생선 대가리들이 담긴 대접을 내려놓았다. 바싹 구워진 생선 대가리들은 바스락거리는 잎사귀에 덮여 있었다. "저희 어머니는 이걸 주바즈족 전통 방식으로 만드시곤 했어요. 어머니 손맛대로 잘 나왔으면 좋겠어요. 어머니는 이걸 먹으면 뱃속에 행운이 올 거라고 말씀하셨죠."

그랜드마스터는 악취에 몸을 움츠리며 그릇을 밀어냈다. "저것들이 날 쳐다보고 있어. 하수도 오물 냄새가 나."

"썩 치워버려!" 콜렉터가 호통을 쳤다. "다시는 그런 괴상망측한 거 만들지 말라고 했잖아. 혐오스럽다니까! 네 가족사를 듣는 것도 질색이야!"

킬란은 대접을 치우고 머리를 툭 떨군 채 부엌으로 돌아갔다.

"안 먹어주면 나중에 큰일 날 듯한 분위기야." 그랜드마스터가 비웃었다. "킬란한테는 대체 무슨 사연이 있는 거야? 꽤나 비극적인 것 같은데."

"킬란은 말이야, 꿈을 좇아 노웨어에 온 거였어. 정확히 어떤 꿈이었는지는 모르겠는데, 사람들을 돕고 싶다고 했던가. 잘은 기억이 안 나. 아무튼 난 카리나에게 배신당한 후로 다른 노예를 고용할 엄두가 안 났어. 그런데 어느 날 길거리에서 구걸하고 있는 킬란을 봤지. 돈이 궁해 꿈도 버렸던 거야. 킬란은 보호자가 필요했던 터라 내가 데려왔지. 그리고 노예라는 점을 재차 확인시켰더니 고분고분 잘 순종하더군. 처음엔 뭔가 꿍꿍이가 있을 거라고 의심했는데 다 내 피해망상 때문이었어. 끔찍하게 배신당한 역사가 있으니 그럴 만도 하지. 그러니 이상하게 보지 마. 문제는 킬란이 너무 멍청해서 뭘 배울 능력이 안 된다는 거였어. 아무리 꾀를 낸들 날 속일 수 없었지. 그때 저 아이를 포기했다면 다시 거리로 나앉아 구걸로 연명했겠지. 당연히 그런 삶을 원했을 리가 없고 제 보금자리가 어딘지 알고 있었어. 그 점은 나도 고맙게 생각해."

"거참 마음씨 좋은 고용주로군."

킬란이 다급하게 달려 들어오더니 숨을 몰아쉬며 말했다. "콜렉터 님, 그랜드마스터 님, 볼일이 있어서 지금 가봐야 하는데요. 간식도 못 챙겨 드리고 가기가 영 안 내키지만, 방금 중요한 정보를 받아서요."

콜렉터의 눈에 생기가 돌았다. "무슨 정보?"

킬란은 그랜드마스터가 듣고 있는 터라 최근 있었던 박물관 절도 사건에 대해 세세히 말하고 싶지가 않았다. 그래서 단어를 신중히 선택했다.

"콜렉터 님과 전에 논의한 문제로 동료에게 물어봤어요."

"됐어. 말하지 마!" 콜렉터가 소리쳤다. "정보 입수를 위한 임무를 완수한 후에 다시 오도록."

킬란이 나가려는데 그랜드마스터가 킬란의 팔을 툭툭 쳤다.

"내가 지금 보디가드를 찾고 있는데, 혹시 관심 있어?"

"앤 드위, 킬란 가게 놔둬. 어이 노예, 얼른 가." 콜렉터는 킬란을
내쫓았다.

그랜드마스터는 불끈 화를 냈다. "노예의 '노'자도 꺼내지 마, 티
반. 제발 시대에 맞게 좀 굴어. 내가 너라면 킬란의 의견을 들어주
겠어. 내가 살면서 배운 게 있다면, 바로 킬란 같은 이들이 미친
짐승처럼 달려들 수 있다는 거야. 제발 조심해."

콜렉터는 형제의 경고를 새겨들었다. 킬란이 보기보다 영리한
건 아닐까? 지금까지는 딱히 그런 생각을 해본 적이 없었다. 건성
건성 부주의하던 걸 떠올리니, 그게 혹시 본색을 숨기려는 술수
는 아닐까 미심쩍었다. 어쩌면 콜렉터의 보호를 받기 위한 수작일
지도 모른다. 콜렉터의 무수한 적 중 한 명이 킬란을 교묘히 조종
해 콜렉터를 철저히 파멸시키도록 교육했을지도 모른다. 이럴 수
도 있다고 생각하니 심란해졌다.

그랜드마스터는 손가락으로 콜렉터의 얼굴을 툭툭 건드렸다.

"티반, 다시 일에 집중해. 그 스톤들 말이야, 예상보다 멀리 있
다는 게 사실이야? 예를 들어 '아가모토의 눈'이 노웨어에 있진
않을까? 핑고가 말했던 게 인피니티 스톤이라면?" 그랜드마스터
의 눈에 한 가닥 희망이 보였다. "시간을 조종할 수 있는 아이템
이 있다면?! 예전의 그 영예를 눈 깜짝할 사이에 되찾을 수 있잖

아? 과거의 부정을 바로잡고, 박물관에 치욕을 안기고 네 인생을 망가뜨린 몹쓸 불의를 바로잡을 수 있잖아."

"인생이 망가진 게 어디 나뿐이겠어."

"이미 내 마음을 실컷 흔들어놓고 이러기야? 그러니 우리 합심해보자. 둘이서 같이 그 길 잃고 헤매는 스톤과 나머지 스톤들까지 모조리 추적해보는 거야."

"우리가 무슨 합심을 해." 콜렉터는 반발했다.

"펑고를 꼬드겨서 좀 더 정보를 캐내 볼까? 그 자식은 2인분이라 두 사람이 붙어야 상대할 수 있어. 살아 움직이는 거대한 젤리 덩어리 같아. 그러고 보니 너도 요즘 들어 살이 오른 것 같네. 우울해서 군것질을 하는구나?"

콜렉터는 한마디 대꾸도 없이 휙 일어나더니 황급히 자리를 피해버렸다.

"기분 나쁘게 하려고 한 건 아니야!" 그랜드마스터는 외쳤다. "너무 예민하게 굴지 마, 형제. 물론 지금은 바닥에 있고 다들 그렇게 알고 있지만 인생의 밝은 면을 보도록 해. 내기의 명수로서 확신을 갖고 얘기해주는데, 조만간 고진감래의 날이 반드시 올 거야. 아무렴 꼭 그래야지. 그렇게 안 되면 네가 위업을 달성할 운명이 아니려니 생각하라고."

콜렉터는 잠시 후 멜론만 한 크기의 보랏빛 크리스털 구슬을 들고 와 작업대에 올려놨다. "이건 '우주의 배아'라는 거야. 타임 루프가 가능한 영역에서 왔어. 일반적으로 우주를 부채꼴 모양의 네 영역으로 구분하는데, 이 우주의 배아는 이 영역들을 자유자재로 넘나들며 타임 루프를 하는 능력이 있어."

"오, 쓸모가 많겠네."

"내가 또 이걸 다룰 줄 안단 말이지. 이걸 이용해 다른 영역으로 들어가면 '아가모토의 눈'의 현재 행방을 알아낼 수 있어."

"그럼 말만 하지 말고 당장 실행에 옮기자!" 그랜드마스터는 콜렉터의 등을 툭 쳤다.

콜렉터는 둥근 물체에 손을 대고 어루만졌다. "이걸 어떻게 활성화하는지 잘 모르겠어." 잠시 침묵하던 그가 말을 이었다. "충동구매한 거라."

"외롭고 쓸쓸한 밤이면 '우주 홈쇼핑 채널'을 보는구나? 사실 나도 그래."

찌지직!

박물관 조명이 나갔다. 콜렉터는 맥박이 콩콩 뛰는 태아를 잡을 때처럼 손을 부들거렸다. 충격 탓에 콜렉터의 백발이 뾰족뾰족 일어났다. 이윽고 눈 위로 짙은 보라색이 감돌면서 콜렉터는 뭔가 새로운 차원의 세계와 접촉하려는 듯 또 다른 의식의 상태로 들어갔다.

"이…이건…." 콜렉터가 더듬댔다.

"티반? 장난치지 마. 혹시 우주의 영혼에 씌기라도 했어? 그럼 당장 그렇다고 해. 마법으로 날 골탕 먹이기만 해. 절대로 가만 안 두겠어! 그리고 분명히 말해두는데 네게 모욕감을 줄 의도는 전혀 없었어. 그냥 재미 삼아 그랬어. 공연히 인생 끝났다며 망연자실하지는 마."

"조용!" 콜렉터가 고함쳤다. 목소리가 어둠 속에 울려 퍼지며 박물관이 어떤 강한 힘을 받아 흔들렸다. 따스함이 느껴지는 보랏빛 안개가 바닥으로 흘러들어 왔다. "배아가 내게 뭐라고 말하고 있어. 지금부터 무슨 얘기를 하는지 해석해줄게."

그러자 안개가 수많은 뱀 무리처럼 소용돌이치기 시작했다. 그러더니 남자 인간의 형상으로 변모했다. "'스티븐 스트레인지'라고 해."

그랜드마스터가 배아 옆으로 왔다. "계속해."

"스트레인지는 자기 세계에 빠진 남자였어. 의학 박사였는데 오로지 연습만이 살길이라고 생각했어. 일에서도 삶에서도 완벽주의자였어. 그런데 비극적인 사고로 손을 다치면서 스스로 정해놓은 완전함의 기준을 충족할 수가 없게 되자 좌절감에 빠져 막 살았지. 도움을 주려는 주변 사람들도 밀어냈어. 그는 환자가 되는 데도 익숙지 않았어. 자아가 워낙 강해서 내려놓지를 못했던 거야. 닥치는 대로 이 일 저 일 다 해보면서 온전히 자기 힘으로 치료하려 했지만 불가능했어. 그의 몸은 회복과 재활이 절실했고, 정신 상태도 말이 아니었지. 스트레인지에겐 아무런 선택권이 없었어."

그랜드마스터는 마치 우주 가득히 퍼지는 계시를 잡으려고 하는 듯 허공을 향해 손가락을 들어 올리며 소리쳤다. "그런데 스트레인지가 뭔가를 발견했어!"

"조용히 해." 콜렉터가 속삭였다. "이 과정을 방해하면 안 돼."

보라색 안개가 웅장한 산으로 탈바꿈했다.

"뾰족한 수가 없었던 스트레인지는 자아를 발견하기 위해 네팔 산속에 있는 카마르-타지라는 사원으로 떠났어. 속세에서 멀어지려는 나름의 타당한 명분이 있었지. 카마르-타지는 에인션트 원의 집이기도 했어. 일명 소서러 슈프림이라 불리는 신경질적인 여자 마법사였지. 어둠의 악령이 우주를 파멸시키겠다고 협박했고, 에인션트 원은 자신의 제자들과 힘을 합해 악령을 저지하고 있었어. 스트레인지는 처음엔 혼란스러웠지만, 에인션트 원과 제자들인 마스터즈 오브 미스틱 아트에게 자신을 치유할 열쇠가 있다는 이상야릇한 직감이 들었지. 그들에겐 스트레인지의 정신을 치유할 수 있는 도구가 있었어. 스트레인지는 애석하게도 거부당했지만 용기를 내서 끈질기게 버텼어. 귀찮을 정도로 매달린 끝에 결국 제자로 들어가게 됐지. 수련을 시작했지만 성과를 내기가 힘들었어. 에인션트 원은 마음씨 좋은 스승이었는데, 가끔은 상황에 따라 성질이 불같아지기도 했지만 원체 비밀이 없는 진솔한 사람이었어."

"비밀이라. 계속해. 그 사원엔 또 누가 살고 있었어? 나머지 마법사들도 궁금해."

"모르도 남작이라고 에인션트 원의 오랜 동료가 있었어. 마스터즈 오브 미스틱 아트를 모집해 훈련시키는 일을 했지. 모르도 남작은 열성적인 빛 숭배자로서 에인션트 원을 전적으로 신임했고 그녀가 이끄는 곳이라면 어디든지 따라갔어. 참, 웡이라는 이름의 사원 사서도 있었어. 사원의 지식재산을 관리하고 유지했지. 맡은 책들을 열과 성을 다해 안전하게 지켰는데, 마땅히 그래야 했어. 악당의 손에 들어가면 치명적인 무기가 되거든. 웡과 모르도 남작은 스트레인지가 제자로 잘 자리매김하도록 도와줬어. 쉽진 않았지. 스트레인지가 여간 까다로워야 말이지. 그 완벽주의 근성이 어디 갔겠어. 하루하루 배움이 늘자, 자기 안에 잠들어 있다고 여긴 특별한 능력을 완벽히 마스터해야 한다는 생각에 엄청나게 불안해했어. 그런데 책을 아무리 읽고 있어도, 그토록 간절히 원했던 마법을 풀지 못했어. 그래서 염세적인 성향을 보이게 됐어."

"아가모토의 눈은 언제 나타나?" 그랜드마스터는 점점 조급해졌다. 보라색 안개가 살금살금 다가오더니 뱀처럼 똬리를 틀며 그의 몸을 휘감았다.

"형제, 배아는 네가 조용히 해줬으면 할걸." 콜렉터가 명령조로 말했다.

"그렇게."

"스트레인지는 카마르-타지에 가기 전부터 존재에 관련된 지식은 빠짐없이 섭렵했다고 믿었어. 카마르-타지에서 에인션트 원은 광대한 다중 우주, 무한한 세계를 보여줬어. 어떤 세계는 빛과 희망으로 충만했고, 어떤 세계는 어둠과 혐오를 흡수하고 있었지. 기회만 되면 모든 걸 빨아들일 수 있는 힘이었어. 스트레인지에게는 가히 충격이었어. 마스터즈 오브 미스틱 아트는 어둠을 막아내는 역할을 했어. 고대의 관습을 습득해 우주 에너지를 이용하는 법을 터득한 결과였어. 다른 차원에서 힘을 얻은 다음, 그 힘으로 마법을 부리고 무기를 사용했어. 생각으로 현실을 구축하는 법을 익혔지. 그들은 최고의 경지에 오른 마술사요, 마법사였어. 어둠과 싸우기 위해선 다른 세계들과 경계를 그을 수 있는 장벽이 필요했지. 그래서 그들은 지구 둘레에 성소(聖所)를 지었어."

콜렉터는 배아에서 손을 뗐다. 그러자 눈에서 보라색이 사라지고, 주위에 맴돌던 안개가 증발했다. 현실로 돌아온 것이다. 콜렉터는 갑자기 뭔가 기억이 났는지 바로 옆에 있는 책장을 정신없이 마구 뒤졌다. 서랍을 뒤죽박죽으로 헝클어뜨리더니 진녹색의 조그만 벨벳 상자를 꺼냈다. 콜렉터는 켜켜이 쌓인 먼지를 살살 닦아낸 다음 형제에게 가져왔다.

"이건 또 뭐야?! 무슨 사연의 물건인데!? 대체 뭔 일이 있었는지 궁금해 죽겠네!"

콜렉터가 천천히 상자를 열자 그랜드마스터가 눈을 부릅떴다.

묘상한 금속 링과 두 개의 너클이 끼워진 기다란 막대가 들어 있었다.

"마스터즈 오브 미스틱 아트가 사용했던 몇 안 되는 마법 도구 중에 이게 가장 많이 쓰였어. '슬링 링'이라고 하는데 이걸 몸에 지니면 그 강력한 포털을 열어서 다른 차원으로 넘어갈 수 있어. 장거리 이동도 가능해서 다중 우주를 순식간에 넘나들 수도 있지."

그랜드마스터는 슬링 링이라는 유물에 푹 빠졌다. "어떻게 조종하지?"

"슬링 링을 왼손에 착용한 다음 초점을 목적지에 맞춰. 그리고 오른손으로 공중에 있는 원형 포털을 따라가는 거야."

"별로 안 어렵네." 그랜드마스터는 링을 왼손 손가락에 끼우고 주먹을 쥔 다음, 오른손 집게손가락을 지그재그로 흔들었다. 아무 반응이 없었다. 다시 시도해도 마찬가지였다.

콜렉터는 그랜드마스터가 세 번 더 시도하는 걸 보고는 이제 더는 안 되겠다 싶어 링을 빼앗았다. "이거 진품 아니고 모조품이야. 늙은 마법사한테 할인가로 샀지. 자기 입으로 마법사라고 했으니 마법사가 맞겠지. 그래도 네 표정이 환희에서 실망으로 바뀌는 걸 보니 왠지 뿌듯하네. 고마워."

그랜드마스터는 씩씩거리다 링을 상자 속으로 휙 던졌다. "장난이었군. 날 바보로 만들고 싶었나?"

"조용히 해. 제대로 사용하지도 못하면서."

콜렉터는 그랜드마스터의 말을 무시하고는 다시 배아에 손을 얹었다. 하지만 아무 반응이 없었다.

"우주의 배아를 네 손으로 망가뜨렸네! 네 능력이 딸리는 걸 배아도 알아차리고 널 차단한 거야."

콜렉터는 배아 전체에 손을 올려봤지만 소용이 없었다. 배아의 힘이 소진된 모양이었다. "거참, 알다가도 모르겠네." 콜렉터는 곰곰이 생각에 빠졌다.

"뒤로 물러나!" 배아 내부에서 목소리가 흘러나왔다.

다시 안개가 소용돌이쳤다. 한바탕 바람이 휘몰아치더니 둘을 배아 멀리로 힘차게 밀어냈다.

"티반, 무슨 짓을 한 거야!?"

뿌지직!

작은 생명체가 보랏빛을 뿜어내며 배아에서 튀어나왔다. 호기심 충만한 큰 눈을 하고 있었다. 생명체는 자신의 역할을 잘 모르는 듯 콜렉터 쪽으로 다가오려는 것 같았다.

그랜드마스터는 콜렉터의 귓전에 대고 속삭였다. "네 알이 방금 부화했어, 티반."

콜렉터는 갓 태어난 눈부신 생명체를 내려다봤다.

"뭔가 중요한 얘기를 하고 있었잖아." 콜렉터가 발끈하며 말을 이었다. "하던 얘기를 계속하든지 아니면 원래 있던 곳으로 돌아가. 이런 식으로 놀라게 하는 건 사양하겠어."

배아에서 나온 생명체는 콜렉터를 멍하니 보며 "그럼 하던 이야기를 계속 이어갈게." 하고 순순히 따랐다.

"형제, 정말 경이로운 힘이야. 계속해봐." 그랜드마스터가 읊조렸다.

생명체는 "어디까지 얘기했지?" 하고는 자신의 상태를 신속히 재조정하고 이야기를 매듭짓기 위해 온 우주 에너지를 변화시켰다.

"아 그럼, 계속하지. 스트레인지는 비로소 참된 감각에 눈을 뜨고 마법의 가르침을 온전히 받아들이게 됐어. 아스트랄 평원이라고 영혼이 육체 외부에 존재하는 영역에 대해 학습했어. 미러 디멘션이라는, 마법사들이 자연계를 침범하지 않고 외부에서 관찰 가능한 영역, 그 어디에도 영향을 받지 않은 공간에 대해서도 배웠어. 사원에 소장된 무수한 서적도 독파해나갔지. 그런데 책 한 권이 그의 마음을 사로잡았어. 《카글리오스트로의 책》이었는데, 어린 학생들이 읽으면 빛의 길에서 멀어지는 주문으로 가득한 암흑의 책이었지. 그런데 몇 페이지가 뜯겨져 있었어. 마스터즈 오브 미스틱 아트에서 나와 광신적인 마법사 집단을 만든 마스터 케실리우스가 슬쩍한 거였지. 그 광신 집단의 임무는 다크 디멘션에서 암흑의 물질을 쏘아 올려 지구의 비행기를 명중시키는 거였어." 그러자 또다시 자줏빛 안개가 실내를 뒤덮으며 퍼져나갔다. 이윽고 천둥과 번개가 내리치고 희뿌연 안개가 반으로 툭 갈라지더니 그 사이로 얼굴 하나가 나타났다. '도르마무'라는 무시무시한

신이 얼굴이었다. "도르마무는 그냥 악마가 아니었어. 우주의 힘을 가졌고 천성적으로 대량의 살상을 즐겼어. 마스터 케실리우스와 그가 이끄는 광신 집단은 도르마무와 거래를 했어. 그들은 도르마무가 지구에 들어와 지구를 집어삼키게 하려고 했지."

"왜 그랬지? 도르마무가 지구에 오면 마스터 케실리우스는 모든 걸 잃게 되지 않나? 논리적으로 설명해봐."

"한심하긴. 광기에 무슨 이유가 있겠어."

생명체는 두 눈 가득 보랏빛 에너지를 내뿜으며 설명했다. "그 질문에 답해주지. 마스터 케실리우스는 아내가 갑작스레 세상을 떴을 때 이미 모든 것을 잃었었지. 시간을 되돌리고 아내를 부활시키기 위해 도르마무가 필요했던 거야."

그랜드마스터는 턱을 비비며 말했다. "아, 이제 뭔가 가닥이 잡히네. 아가모토의 눈이 곧 나타날 분위기인데, 왠지 좋은 예감이 들어."

"그런 시시콜콜한 개인사까진 알고 싶지 않아." 콜렉터가 으름장을 놨다.

"마스터 케실리우스는 인간의 시간이 유한하다고 봤어. 출생에서 사망까지 인생 주기가 그렇잖아. 상심이 크긴 했지만 한편으로는 인류가 시간 그 이상에 대해 알 자격이 있다고 생각했어. 그리고 도르마무의 도움을 받으면 시간의 굴레에서 벗어날 기회를 얻을 수 있다고 예측했어."

"그런데 하필 왜 죽어야 하지? 너무 멍청한 관점인데. 또 내가 뭘 놓치고 있나?" 그랜드마스터가 물었다. 그러자 생명체는 눈에서 보라색 광선을 발사해 그랜드마스터 앞 바닥에 불을 붙여 구멍을 냈다. "넌 왜 그런지 알고 있지? 계속해봐. 입 다물고 있을게."

"타임 스톤. 그 역할에 대해서나 말해줘." 콜렉터가 압박했다.

생명체는 알겠다고 끄덕였다. "스트레인지는 학업이 일취월장하면서 타임 스톤이 들어 있는 아가모토의 눈에 점점 빠져들었어. 아가모토의 눈에는 세상을 분열시켜서 새로운 방식으로 합치는 능력이 있었거든. 죽음과 환생을 가능하게 하지. 스트레인지는 《카글리오스트로의 책》에서 이 능력에 대한 글을 읽고 심취하게 됐어. 그러던 중 어느 날 밤 혼자 있는데 별안간 그 능력을 시험해봐야겠다는 충동을 느꼈지. 사원에서 유물 하나를 떼어내 목에 두르고는 유물에 깃든 온 에너지를 아가모토의 눈에 집중시켰어. 갑자기 아가모토의 눈이 활짝 뜨이면서 따사로운 녹색 광선이 발사됐어. 타임 스톤이 깨어난 거였지. 그다음에는 그 에너지를 사과에 겨냥해봤어. 사과 한 입을 베어 물었더니 금세 또 새로운 부분이 나타났어. 사과 심만 남을 때까지 계속했는데 성공이었어. 그렇게 해서 스트레인지는 시간을 가속시키는 능력을 터득했어. 성취감에 벅차올랐지만 실험은 그걸로 끝이 아니었지. 이번에는 타임 스톤의 힘에 에너지를 집중시켜서 사과를 원상태로 돌려놨어. 한 생명체의 생의 주기를 온전하게 한 바퀴 돌린 거였지.

그래서 용기가 생겼지. 아가모토의 눈만 있으면, 현실이든 생각이든 영원히 바꿔놓을 수 있다는 걸 알게 된 거야. 하지만 《카글리오스트로의 책》이 온전하지 않았던 까닭에 궁금증이 모두 풀린 건 아니었어."

"마스터 케실리우스가 그 책에서 몇 페이지를 훔쳤기 때문이지." 그랜드마스터가 외쳤다.

"스트레인지는 혼자서 이 모든 일을 추진했어. 아가모토의 눈을 이용해 시간을 역행시킨 다음, 책에서 누락됐던 부분을 다시 넣어서 초심자에서 고수로 도약했지. 비로소 자신을 비롯한 모든 현실계가 직면하고 있는 불길한 위협의 본질이 무엇인지 이해하게 됐어. 더 큰 그림을 보게 됐고, 자신에게 주어진 소임을 완성할 태세를 갖추게 됐어. 문제는 시간이 부족하다는 거였어. 홍콩 상공에서 포털 문이 열리면서 도르마무와 다크 디멘션이 지구를 침공했어. 온 세계는 화염과 분노로 쑥대밭이 됐지! 마른 하늘에 날벼락이라고 대량 살상 무기도 퍼져나갔어! 마스터 케실리우스와 그의 광신 집단은 지독하게 포악했어. 웡과 모르도 남작은 전투의 최전선에 앞장서서 용맹하게 싸웠지만 상황을 역전시키기엔 역부족이었지. 끝내 웡은 목숨을 잃고, 스트레인지가 당도할 때까지 어둠이 이 세상을 점령했어."

"결국 그렇게 됐군." 그랜드마스터는 눈을 굴렸다.

푸슝! 자주색 안개가 회오리를 일으키며 박물관 위로 솟구쳐

올랐다.

"스트레인지는 아가모토의 눈을 이용해 시간을 과거로 되돌렸어. 파괴 행위를 멈추고 수많은 생명을 구했지. 도시가 재건되고 폐허가 사라졌어. 윙도 소생했지. 그렇게 평화가 도래했지만 전투가 종결된 건 아니었어. 다크 디멘션이 그 무시무시한 덩굴손으로 지구를 콕콕 찔러대는 바람에 자연의 법칙이 계속 어그러지고 있었거든. 스트레인지는 지구를 멸망에서 구하기 위해 한 가지 임무를 더 완성해야 했어. 허공으로 들어가 암흑의 신 도르마무와 직접 얼굴을 맞대고 협상하는 거였지. 그런데 협상을 하기도 전에 도르마무가 스트레인지를 증기로 만들어 없애버렸어. 하지만 스트레인지는 다시 나타났지. 그다음엔 도르마무가 스트레인지를 칼로 찔렀더니 스트레인지가 또 나타났어. 스트레인지는 시간을 조종하는 법을 터득했던 거야. 아가모토의 눈을 통해 타임 스톤의 파워를 획득한 덕분에, 영원히 끝나지 않는 타임 루프에 도르마무를 가둬버렸어. 한방에 아주 영원히."

그랜드마스터는 헐떡거리며 말했다. "그럼 닥터 스트레인지도 타임 루프에 갇혀버렸다는 말인데."

"맞아. 스트레인지는 도르마무에 손에 거듭해서 죽음을 경험했지. 죽음을 계속 반복하면 지구를 구할 수 있다는 사명감에 헌신한 거지. 타임 루프로 기력이 쇠잔해졌고 죽을 만큼 고통스러웠지. 하지만 그는 자신이 그토록 사랑하는 지구를 보호하기 위해서라면 그 정도 희생은 할 수 있다고 여겼어. 한때 이기적이었던 사람이 자신을 버리고 지극히 이타적인 행동을 한 거야. 아주 짧게 마법사로 사는 동안 이런 교훈을 얻었지. 한편 도르마무는 스트레인지의 의도를 간파하고 말았어. 타임 루프에 갇혀 있는 게 지겨워서 풀어달라고 빌었어. 그리고 마침내 협상이 시작됐지. 스트레인지는 도르마무에게 이렇게 제안했어. 광신 집단을 지구에서 추방해 영원히 돌아오지 못하게 하라고 말이야."

"그러니까 악마와 거래를 했네?" 그랜드마스터가 되물었다. "오, 그렇군."

"스트레인지에게는 선택의 여지가 없었어. 양측이 받아들일 수 있는 유일한 방법이었으니까. 결국 도르마무는 스트레인지의 제안을 받아들였어. 하늘은 다시 맑게 개고 스트레인지는 타임 스톤을 이용해 모든 걸 예전 상태로 되돌렸어."

"그러고 보니 스트레인지와 그의 동료들은 인류를 보호하기 위해 목숨을 바쳤는데, 인간들은 이 사실을 전혀 몰랐던 거네. 참으로 무심하고 가소로운 존재들이로군. 모르는 게 약일는지도. 차라리 내가 나서서 인류를 지배하고 싶네. 하긴 너무 까다로운 존재들이라 나랑 안 맞긴 하지만. 물론 내 챔피언은 빼고. 그는 예외야." 그랜드마스터가 말했다.

콜렉터는 잠자코 생명체가 하는 이야기를 들으며, 하나도 놓치지 않으려고 바짝 주의를 기울였다. 그리하여 드디어 타임 스톤

배후의 진실을 알게 됐고, 그러자 한결 마음이 놓였다. "이 정도면 됐어, 배아 생명체. 이제 크리스털 속으로 돌아가. 향후에 네가 필요할지도 모르지만 지금은 충분히 들었어."

"그럼 다시 만날 때까지 잘 지내." 생명체는 팔을 들어 주변의 자주색 안개를 몸 쪽으로 끌어모으더니 크리스털 속으로 사라졌다.

"네 맘대로 이야기를 자르면 어떡해, 티반!" 그랜드마스터가 다그쳤다.

"당연히 그럴 수 있어. 그건 내 마음이니까. 타임 스톤이 지구를 구해서 우주계에 다시 편입시켰다는 이야기까지 들었는데 뭘 더 원해?"

그랜드마스터는 멈칫하고 생각에 빠지더니 말했다. "난 그 배아에서 나온 기괴한 생명체에 대해서 좀 더 알고 싶었어. 왠지 내게 호감을 느끼는 것 같지 않았어? 난 묘한 기류를 느꼈는데."

"집중력이 떨어졌군, 형제. 정신 잘 챙겨."

"집중력 최상이거든! 눈에 들어오는 게 타임 스톤밖에 없다고. 초집중 중이야." 그랜드마스터가 버럭 소리를 질렀다.

콜렉터는 잠든 크리스털을 다시 책장에 갖다 놓고 생각하는 의자로 갔다.

"아가모토의 눈이 아직 지구에 있군. 우리 손이 안 닿고 있는 곳에." 콜렉터가 침울하게 말했다.

"방금 '우리' 손이라고 했지. 내가 했던 협력 제의를 수락했다는 뜻이네?"

"그런 제의를 했었어? 흠, 잘 모르겠는데. 여기 온 이후로 얼토
당토않은 소리만 해대서 말이지. 인피니티 스톤이 장난인 줄 알
아? 그중 하나가 노웨어에 있는 게 사실이라면 꼭 입수하고 싶어.
탐색 작전에 동참하고 싶으면, 일단 너도 나한테 뭔가 가치 있는
걸 해줘야 해. 그런데 네게 카리스마가 부족해서 걱정이야. 가치
있는 게 없으면 방해하지 말고 조용히 있어."

콜렉터는 생각하는 의자 밑으로 손을 넣어 디지털 태블릿을
빼냈다. 손가락으로 화면을 부드럽게 터치해 홀로그램 터치패드
를 활성화했다. 번호를 누르자 오래된 친구에게 연결됐다.

"미잘라? 티반이야. 네 도움이 필요해서 연락했어."

뿌지직!

홀로그램 터치패드에 불꽃이 튀면서 태블릿 화면 불빛이 들어
왔다 나갔다 했다. "구형 모델이라 그런지 짜증 나게 하네." 콜렉
터는 푸념했다.

"티반! 반가워, 이게 얼마만이야! 그런데 자기, 전화가 자꾸 끊
겨. 잘 안 들려. 참, 이 번호로 연락하면 위험해. 노바 군단에서 하
루 24시간 연중무휴로 도청 중이거든. 내가 운영하는 공연장으
로 와. 어딘지 알지? 오붓하게 만나서 간만에 회포를 풀어보자. 정
말 대박 오랜만이야!"

"어서 빨리 보고 싶군, 미잘라." 콜렉터가 호탕하게 말했다.

"그래그래." 미잘라의 웃음소리와 함께 갑자기 전화가 끊겼다.

그랜드마스터는 터치패드를 툭 쳤다. "가서 수리하든지 업그레이드하라고. 세상에 이렇게 남부끄러울 데가 있나."

콜렉터는 그랜드마스터가 핀잔을 하거나 말거나 안중에 없었다. 오로지 스톤만이 그의 관심사였다. "미잘라는 정보통이야. 틀림없이 뭔가 알고 있을 거야. 아니, 모르면 알아내야 해."

"'대박'이라니, 무슨 뜻이야?"

"미잘라가 지구 문화에 애착이 강하거든. 예전에 사카아르에 있을 때 웜홀을 돌아다니며 쓰레기를 뒤지는 생활을 했었어. 지구에서 나온 쓰레기로 먹고 입고 살았지. 다양한 시대에서 버려진 갖가지 물건과 도구를 찾아내서 차곡차곡 쌓아뒀어. 그리고 얼마 전 여기로 이주해서 사업체를 설립했지. 무슨 일을 하는지는 자세히 모르겠고, 사실 썩 관심도 없어. 여하튼 내 정보원 역할만 충실히 해주면 돼."

그랜드마스터의 눈이 번뜩였다. "흠, 노웨어에 타임 스톤이 없으면 어떤 스톤이 있을까. 이 케케묵은 박물관에서 나가서 직접 찾아보자. 준비됐나, 형제?"

콜렉터는 속으로 생각했다. '어떻게 나한테 이따위 질문을 할 수 있지? 스톤들을 찾는 게 내 평생의 숙원이었다, 이 멍청한 놈아.' 콜렉터는 억지웃음을 지으며 답했다. "그래. 당연히 준비됐지. 앞장서라고."

CHAPTER
7

"어서 들어와!"

미잘라는 그랜드마스터와 콜렉터를 맞이하려고 사무실을 청소하고 있었다. 미잘라는 "앉으세요!"라고 외치고는 소파로 달려가 낡은 옷 뭉치를 집어 박제 호랑이 위에 쓱 던져버렸다. 지구의 역사에서 백 년이 넘는 세월 동안 만들어진 희한한 골동품들이 곳곳에 널려 있었다. 영화 포스터, 야구단 깃발, 옷걸이 등 하나같이 옛날 기술로 만들어진 물건들이었는데 모두 미잘라 본인이 사용하는 거였다.

"엉망진창이라 미안해! 알지? 내가 수집품에 얼마나 애착이 강한지."

미잘라는 어두운색 피부에 온화한 미소를 지니고 있었다. 키는 작았지만 아주 힘세고 다부져 보였다. 헤어스타일은 잘 땋은 흰색 머리칼을 정수리에 여러 단으로 쌓아올린 모양새였다. 손님 접대는 가히 극진했으나 사무실은 그야말로 재앙 수준이었다.

미잘라는 쇼 공연장과 극장을 운영하며 언더그라운드 계열의 쇼와 이색적인 극을 소개하고 있었다. 몇 시간 긴장을 확 풀고 은하계의 기상천외함을 만끽하기에 그만인 곳이었다. 특히 그녀가 지구의 기이한 면들에 탐닉해 있었던지라 주로 그런 류를 전시하고 공연했다. 하지만 지구는 거리상으로도 너무 멀뿐더러 사람들 관심에서도 먼 행성이라서 별 인기를 끌지 못했다. 다행히 동종 분야의 지인들 중에 괴짜들이 많았던 덕에 미잘라가 발견해놓은, 돈으로 환산할 수 없는 희귀한 수집품들의 가치를 알아봐줬다. 미잘라는 자신이 발견한 물건들에 대해 얼마나 강한 열정을 갖고 있는지를 보여주기라도 하듯 하나도 빠짐없이 자랑했으며, 코미디언부터 음악가, 예술가까지 다양한 직종의 명사들을 초대했다. 그리고 사회에 적응하지 못하는 이들을 공연장 단원으로 채용했다. 그중에 블랙홀 배를 가진 녹스 도백스라는 남자 배우가 있었다. 한 달에 한 번씩 쇼를 선보였는데 누구든 자기 배로 빨아들여야 직성이 풀렸다. 관객의 불평이 이만저만이 아니었다. 그렇게 외면을 받고 공연이 내려졌지만 미잘라는 그에게 돈을 쥐여주며 나중에 연락하겠다고 했다. 이런 게 미잘라의 재능이었으며, 미잘라 역시 자신의 재능이 언제나 소중한지를 알고 잘 개발시켰다.

글렌다라는 배우도 극장 팬들의 열렬한 사랑을 받았다. 관객에게 최면을 걸어서 장난삼아 우주로 보내는 퍼포먼스를 했는데, 이 과정에서 일부 청중이 노바 군단 기지로 들어가 물자를 훔치는 바람에 감옥에 갇히게 됐다. 이 문제로 미잘라는 곤욕을 치렀고 노바 군단은 미잘라를 용서하지 않았다.

한편 육스라는 극단은 '크리족 스타일 즉흥극'을 선보였다. 그리 능숙하지는 않았지만 미잘라는 그 열정에 감동해 그들의 자긍심을 높여주고자 공연을 허락했다. 미잘라는 바로 이런 여인이었다.

그랜드마스터는 사무실을 요리조리 돌아다니며 미잘라의 기기
묘묘한 수집품 컬렉션을 탐색했다. 장식장 구석구석 박제 동물에
유리 제품, 바구니, 장난감 등으로 빼곡했다. 갖가지 문서며 신문
들도 무더기로 쌓여서 사무실을 뒤덮고 있었다. "무진장 모아두
기만 하면 뭐하나. 제대로 전시를 못 하는데. 이렇게 쓰레기처럼
함부로 취급하면 다들 호기심이 생기려다가도 도망가겠어."

"여긴 내 형제, 그랜드마스터라고 해." 콜렉터가 들릴 듯 말 듯
한 목소리로 소개했다.

"정말? 말도 안돼!" 미잘라가 소리 질렀다. "안 그래도 낯이 익다
싶었는데. 오호라 그랜드마스터셨군요. 항상 최신 유행을 좇는 걸
로 유명했는데. 안 그래요?" 미잘라가 주위를 빙글빙글 돌며 물었
다. 미잘라는 목깃이 높은 밝은 네온빛의 빨간 드레스를 입고 있
었다. 대략 두 사이즈 작게 입은 거였다. "지난주에 건진 거예요. 지
구의 시대 중에 어떤 시대 건지는 모르겠지만 꽤 괜찮죠?"

그랜드마스터는 놀리듯 말했다. "여부가 있겠나. 정확히 어떤 스
타일인지 알고는 있는 건가?"

"몰라서 더 매력적인 거죠! 잘 모르겠지만 어쨌든 맘에 쏙 들어
요." 미잘라는 그랜드마스터를 아래위로 훑었다. "시장하신가 봐
요. 마침 제 동반자가 특제 향신료를 넣어서 맛난 수프를 끓이고
있어요. 히트 젤(Heat Gel) 성분을 살짝 넣어서 풍미가 그만이랍니

다. 그쪽한테도 한 그릇 올리라고 할게요. 한소끔 끓이기만 하면 돼요. 오래 안 걸려요."

"으음, 좋지." 그랜드마스터는 입맛을 다셨다.

"수프 먹을 시간이 어디 있어. 한시가 급한 상황인데." 콜렉터가 말했다.

미잘라는 이제야 콜렉터가 있는 걸 알아차린 듯 콜렉터에게 시선을 돌렸다. "이렇게 만날 줄 누가 상상이나 했겠니. 너무너무 반가워, 티반. 진짜 오랜만이다. 박물관에 콕 처박혀 있는 거 별로 안 좋았어. 어두컴컴한 데서 말이야. 이렇게 나와서 신선한 공기 마시니까 얼마나 좋아. 노웨어에 신선한 공기가 있는지는 의문이지만…."

미잘라는 그랜드마스터가 들고 있는 가방을 봤다. "안에 뭐가 들었어요? 저한테 줄 선물이라도 챙겨온 건가요?"

"안타깝지만 아니오." 자신의 대답에 미잘라가 실망하는 눈치를 보이자 그랜드마스터 차근히 설명했다. "그거 인피니티 스톤 매입하는 데 사용할 거야. 아마 가능하겠지. 알고 있겠지만 지금 우리 둘이 인피니티 스톤을 찾고 있거든. 내 형제 말로는 당신이 인피니티 스톤을 찾는 데 지대한 도움이 될 거라고 하더군. 여기 오기 전까지는 솔깃했는데 막상 이 정신 사나운 현장을 확인하고 나니 믿음이 안 가는데."

콜렉터의 발 주위로 위험한 물건들이 한가득 깔려 있었다. 원

시시대 무기며 초소형 폭발 장치를 비롯해 주머니에 쏙 들어갈 만한 자잘한 것들도 있었다. 콜렉터는 소형 디스크 플레이어를 바닥에서 주워 요모조모 디자인을 살펴봤다.

"그거 디비디(Deevee Dee) 플레이어야." 미잘라는 작동법을 알려줬다. "영화를 볼 수 있어. 요렇게 생긴 얇은 원반을 올려놓으면 돼. 하나 올려서 작동시켜볼까? 나한테 수백 개나 있어. 재밌는 거, 슬픈 거, 극적인 거. 어떤 장르가 좋아?"

"정신 차려, 자기." 콜렉터는 손을 휘저어 주의를 환기시켰다. "인피니티 스톤이 노웨어에 있다는 소문이 있어. 행방을 알아내야 해."

미잘라는 주머니에서 작은 기계를 꺼냈다. 오래전 지구의 기술로 구현된 전자 기기로 검은 바탕에 작고 빛나는 화면이 달려 있었다. 미잘라는 짧게 메시지를 입력하고는 주머니에 다시 넣었다. "곧 알게 될 거야."

"그 기계는 뭐지?" 그랜드마스터가 물었다.

"무선호출기(페이저, 즉 삐삐-옮긴이)라고 해요. 맘에 들어요? 지구인들이 의사소통에 사용했던 거예요. 잘 안 믿기죠? 내 전담 기술자가 개조해줬어요. 여러 개 구해서 내 직원들에게도 나눠줬지요. 그래서 누구도 추적 불가능한 보안 네트워크를 확보하게 됐어요. 기밀 유지에 좋거든요. 무슨 말인지 아시죠?" 미잘라는 콜렉터의 어깨에 팔을 둘렀다. "티반, 비밀 하니까 말인데 요즘엔 다들 한곳에서 희귀한 물건을 구한다고 하던데. 우리 그런 면에서 너무 똑같지 않니? 에이, 걱정 마. 발설하는 일은 절대 없을 테니."

콜렉터는 미잘라의 팔에서 빠져나와 비난조로 말했다. "넌 쓰레기나 모으고 난 귀중품을 수집하는데 같기는 뭐가 같아. 물론 네가 매력적인 건 명명백백한 사실이지만, 우리 둘은 절대로 안 똑같아."

그러자 미잘라가 뭔가 알고 있다는 듯 말했다. "친구, 뭐라고 해도 좋아. 그래도 마음이 공허한 건 둘 다 마찬가지잖아. 괜히 아닌 척한다고 공허함이 사라지지는 않아. 내가 자주 찾는 '우바곤족 꿈 상담사'가 그러는데, 내가 허한 마음을 채우려고 이 모든 걸 사 모은다더군. 옳은 말 아닐까? 아닐 수도 있고. 여하튼 난 계속 모으고 있어. 이 정도로 충분하기도 해. 그럼 다시 비즈니스 얘기를 해야지. 요즘 우리 극장 메인 스테이지에 쇼 공연이 있어서 좀 이따 가봐야 해. 인피니티 스톤 중에서 어떤 스톤을 찾고 있어? 여기에 와 있다는 소식은 금시초문인데. 사실 그런 건 내 취향이 아니라서. 앤티크 조명이라면 또 모를까. 그 분야엔 웬만큼 일가견이 있지."

"마인드 스톤을 찾고 있어." 콜렉터가 말했다.

형제는 타임 스톤을 찾는 게 헛수고임을 깨닫고, 그 다음번 스톤을 추적하기로 합의한 상황이었다. 사람들의 은밀한 생각을 조종하는 것이야말로 가장 중요한 능력이라는 판단에서였다.

"마인드 스톤, 지구에 있어, 자기."

"어떻게 알아?"

미잘라가 능청스럽게 웃었다. "지금부터 내가 직접 제작한 영상 하나를 보여줄게!" 그러고 테이블에서 상자 하나를 꺼냈다. "디비디랑은 달라. 더 좋은 거지."

미잘라는 상자 속 내용물을 어지럽게 쏟아놓고는 보여줄 걸 찾느라 진땀을 뺐다.

"지구라. 왜 꼭 중요한 물건들은 그 후미진 지구에서 탄생하지? 그 덜떨어진 원시인들은 우주의 능력을 가질 자격이 없어. 그놈들이 하는 일이라고는 서로 죽이는 것뿐이잖아! 하긴 다 마찬가지긴 하지만. 나도 일주일에 한 번은 누군가를 황천길로 보내려고 무던히 애쓰지. 하지만 그게 다 이 생존경쟁의 게임에서 최정상의 위치를 유지하기 위해서라고. 그래도 인간들은 잔인해도 너무 잔인해." 그랜드마스터는 열불이 나 말했다.

미잘라는 책상에서 정육면체 모양의 기계를 집어 들었다.

"이건 마음에 쏙 들 거야! 특별히 신경 써서 제작했어. 회로와 장치들이 뒤죽박죽 얽혀 있어. 여기엔 뭐든지 조금씩 다 들어 있어. 지구에서 무슨 일이 일어나고 있는지 알고 싶었거든. 하지만 워낙 먼 데라 최근 상황을 수시로 알고 싶어도 그럴 수가 없더라고. 그래서 내 기술자에게 시켜서 위성 영상, 뉴스 보도, 비밀 문서를 비롯한 각종 영상을 수집하게 한 뒤 여기 이 상자에 그 모든 걸 저장했어. 눈부셔서 좀 어지럽기는 하지만. 그 덕에 원할 때마다 지구 소식을 접하고 있어. 깜찍한 해설자도 추가했지."

미잘라가 버튼을 누르자 어떤 인간이 입체 홀로그램으로 뿅 나타나더니, 콜렉터와 그랜드마스터를 보고 반갑게 손을 흔들었다.

"친구 여러분! 안녕하세요? 제리라고 합니다. 흔히들 지구라고 부르는 광기 어린 세상으로 여러분을 안내하겠습니다. 함께 떠나시겠습니까?"

미잘라는 기뻐서 손뼉을 쳤다. "우와! 이 남자 너무 좋아. 너도 그럴 거 같은데. 내 기술자가 그랬는데 지구에서 제작된 인기 엔터테인먼트 영상을 각종 주요 언어로 변환해서 저장했다고 했어. 그래도 주의해. 그도 실수를 하거든." 그러고는 메뉴 선택 화면을 열어 하나를 골랐다. "〈뉴욕, 뉴욕〉이란 영화부터 시작해보자. 그러면 이해하는 속도가 빨라질 거야." 그리고 호출기를 확인했다. "인피니티 스톤 관련 정보는 아직 없지만 앞으로 계속 업로드할 예정이야." 미잘라는 거울을 보고 매무새를 다듬었다. "그럼 다음 편으로 넘어갈게. 정지하고 싶으면 제리한테 정지해달라고 얘기해. 일시 중지를 원하면 일시 중지라고 말하고. 스킵(건너 뛰기), 되감기, 빨리 감기도 다 가능해. 어머, 벌써 푹 빠졌구나. 그럼 좀 이따 올게." 미잘라는 그랜드마스터와 콜렉터에게 홀로그램 영상을 보게 하고 나가버렸다.

"무엇을 도와드릴까요?!" 제리가 소리쳤다.

"일시 중지!" 그랜드마스터가 역정을 냈다. "형제여, 대체 날 어디로 데리고 온 거야?"

"인피니티 스톤 관련 각종 최신 정보를 습득할 수 있는 곳이지. 입 다물고 영화나 봐. 다시 시작." 콜렉터가 말했다.

"영화를 감상하기 전에 오늘의 스타를 만나보시죠. 이름하여 어벤져스!" 제리가 폭발적 에너지를 뿜어내며 말했다. 그러자 카드형 이미지가 연속 재생되며, 어벤져스 팀에 소속된 각 멤버를 다채로운 액션을 곁들여 소개했다. "1번 타자는 캡틴 아메리카! 본명 슈퍼 솔져 스티브 로저스. 그는 수십 년 동안 얼음 덩어리에 갇혀 지내다 세상 밖으로 나왔습니다! 어디서든 정체를 드러내지 않고 불의에 맞서 싸우며 모두를 위한 자유의 상징으로 통하고 있습니다."

"아메리카는 뭐고 캡틴은 또 왜 필요해?" 그랜드마스터가 묻자 콜렉터가 조용히 하라고 했다.

"다음은 아이언맨! 본명이 토니 스타크로 지구 최고의 천재 중 하나입니다. 첨단 갑옷을 만든 억만장자 발명가죠. 음, 저는 갑옷이 족히 두 벌은 있어야 하겠죠. 안 그렇습니까, 숙녀분들?" 제리는 귀청이 찢어질 듯 큰 소리로 말했다.

"지구인은 이런 식으로 말하나봐?" 그랜드마스터가 믿을 수 없다는 듯 물었다. "지구인들이 혐오스러워지려고 하네."

"여러분, 혹시 토르라는 아스가르드인에 대해 들어보셨나요?"

제리가 물었다.

"스킵!" 그랜드마스터가 소리쳤다.

"이번에는 닥터 브루스 배너로도 알려진 헐크를 소개합니다. 선량한 박사를 화나게 하면 안 됩니다. 그가 화를 내면 다들 원치 않는 상황이 벌어지니까요." 제리는 허공에 손가락을 흔들면서 경고했다.

"스킵!" 콜렉터가 소리쳤다.

"내 챔피언인데, 스킵하지 마!" 그랜드마스터는 왈칵 성질냈다.

"블랙 위도우는 본명이 나타샤 로마노프이고 특급 스파이입니다. 적들이 자신을 안 볼 때를 틈타 적을 물리칩니다. 하지만 그들이 시시각각 그녀의 동태를 살피고 있는 터라 결코 쉬운 일은 아니죠. 클린트 바튼은 들어보셨나요? 본명이 그렇고 흔히 호크아이라고 하죠. 정보기관 쉴드(S.H.I.E.L.D) 소속 특수 요원이죠. 활과 화살을 다루는 실력이 뛰어납니다. 대략 그 정도입니다." 제리는 어깨를 으쓱했다.

"한심한 인간들." 그랜드마스터가 투덜거렸다. "어벤져스 (Avengers)라니, 누구한테 복수하겠다는 거야?"

"어벤져스 앞에서는 모두 멍청이가 됩니다!" 별안간 제리가 소리쳤다. 그러자 화면이 어두워지면서 주요 기능이 시작됐다. 홀로그램 화면이 혼합되어 조잡한 패치워크 이미지가 나타났다.

"우리의 모험은 아스가르드 종족 출신의 악당 로키와 함께 시작됩니다. 그 매끈한 모발, 악랄한 미소. 이 천하의 협잡꾼을 조심하세요! 오만방자함 그 자체입니다."

"으흐흑." 그랜드마스터가 앓는 소리를 했다.

"로키는 아스가르드 종족에 원한을 품고 천덕꾸러기 사내로 자랐죠. 저런! 로키는 남들의 관심을 끌기 위해 필사적으로 노력합니다. 형인 토르를 해치고 지구를 정복하려는 야욕에 불타올랐죠. 전혀 쿨하지 않군요. 그리고 어느 우주 불한당과 합세해 토르를 제거할 계획을 꾸밉니다."

"누구 말이야? '우주 불한당' 녀석이 대체 누구였어?" 콜렉터가 물었다.

"아이고 전 모릅니다. 그저 상자 속 홀로그램일 뿐이니까요! 어쨌든 이 수수께끼의 불한당은 테서랙트라는 걸 원했습니다. 그게 뭐냐고요? 아, 우주 공간으로 통하는 관문을 열 수 있는 작은 정육면체 구조물입니다. 별로 안 커요. 그 수수께끼의 불한당은 테서랙트를 간절히 원한 나머지 로키를 지구로 보내 가져오게 했습니다. 셉터라고 하는 사람들의 마음의 조종하는 강력한 도구도 빌려줬죠."

"테서랙트와 셉터라." 콜렉터는 어리둥절했다. "뭔 소린지 하나도 모르겠군."

"테서랙트에는 스페이스 스톤이 포함되어 있었습니다. 인피니티 스톤이라는 여섯 개의 신비한 돌 중 하나죠. 우와. 닉 퓨리와 그의 동료들은 정보기관 쉴드를 결성해 오랫동안 스페이스 스톤의 비밀을 풀려고 했고, 결국 이들 손에 스페이스 스톤은 넘어가고 맙니다. 이들은 에릭 셀빅이라는 열성적인 교수를 초빙해, 조직 내 최고의 과학자들과 함께 일하게 하고, 테서랙트라는 기막힌 정육면체의 능력을 알아내게 했습니다! 하지만 솔직히 말해 그들의 인지 수준을 넘어서는 대단히 난해한 과제였습니다. 어느 날, 모두가 연구에 열중하고 있을 때 갑자기 펑 하고 소리가 났습니다! 테서랙트가 보관된 곳에서 포털이 열리면서 '로키가 걸어 나왔죠.' 로키는 셉터로 닉 퓨리의 동료들을 공격하기 시작했지요. 퍽퍽퍽! 로키는 그런 일이라면 환장할 정도로 좋아했죠. 진청색 불길을 만들어 사람들을 돼지처럼 찔러댔죠. 정말 역겹지 않습니까? 하지만 이걸로 끝났을 리 만무하지요. 로키는 마인드 스톤이라는 장치에서 파워를 충전했습니다. 전설적인 여섯 개의 돌, 인피니티 스톤 가운데 하나인 마인드 스톤 말입니다. 인피니티 스톤은 그만큼 중요했습니다."

"다 알고 있어." 그랜드마스터는 신음하며 말했다.

제리는 웃었다. "그냥 확인차 말씀드린 겁니다. 마인드 스톤은 특히 셉터에 들어갔을 때 가장 근사하지요. 로키는 마인드 스톤을 이용해 사람들 마음을 조종했어요. 흠, 그러니까 로키가 가장 '좋아하는 일'이었습니다. 처음엔 호크아이를 조종하더니 나중엔 셀빅 교수와 쉴드 요원들을 조종했지요. 닉 퓨리는 빼고요. 닉은 도망쳤거든요. 그 사이에 로키와 그에게 세뇌된 부하들은 이륙했습니다. 포털을 황량한 고공에 남겨 둔 채 말이죠. 그다음엔 무슨 일이 벌어졌을까요? 모든 시설이 폭파됐어요. 인간들로서는 생전 처음 경험하는 우주의 힘이었습니다. 이 광기 어리고 새로운 위협에 맞서려면 뛰어난 팀을 결성하는 수밖에 달리 방법이 없었습니다. 그래서 어벤져스 팀이 나타난 것이지요!" 제리는 짤막하게 자축의 춤을 췄다. "음, 아직은요. 아직은 결성되지 않았어요. 잠시 후에!"

그랜드마스터는 양손을 비비며 소원을 빌었다. "곧 내 챔피언이 나타날 거야. 그가 이 불쾌한 이야기를 바로잡아주겠지."

"로키는 은신처를 발견하고 자기 부하들을 자신의 원대한 계획에 투입시켜 온갖 더러운 일을 하게 했습니다. 그러는 동안 로키 자신은 셉터를 이용해 아더(Other)라고 하는 또 다른 차원에 있는 무시무시한 남자와 교신했습니다. 아더는 로키와 수수께끼의 불한당 사이에서 중개자 역할을 했는데, 외모가 악마와 흡사했지요! 그는 자신의 주인인 수수께끼의 불한당에게 테서랙터를 갖다 줘야 했지요. 그 역시 나빴습니다. 하지만 로키는 협상으로 자신이 원하는 것, 그러니까 치타우리 침략 군대를 얻을 때까지는 테서랙트를 넘길 생각이 없었습니다! 빠밤 빠밤! 치타우리 종족은 주인의 목적을 위해 기꺼이 목숨을 바칠 준비가 된 순종적인 야수들로 이뤄진 군단이었습니다. 그렇다면 그 대가로 뭘 원했을까요? 아무것도 원하지 않았습니다. 그냥 좋아서 맹목적으로 주인을 모시는 것이죠. 완전히 미친 짓이었죠."

"치타우리는 지배하기 쉬워. 하나도 재미가 없지." 그랜드마스터는 비웃었다.

"로키는 셀빅 교수에게 이리듐이라는 물질을 줘서 테서랙트를 이용해 포털을 열고 치타우리 군대가 지구를 침공하게 했습니다. 로키가 어떤 녀석인지 아시죠. 방해되는 게 있으면 조금도 못 참죠. 수많은 인간의 마음을 대놓고 조종하고, 오만방자하게 허풍을 떨고, 자신이 거물이라도 되는 양 다들 무릎 꿇게 했습니다."

"어벤져스가 있잖아." 콜렉터는 한숨을 내쉬었다.

"맞습니다. 어벤져스!" 제리가 소리 질렀다. "캡틴 아메리카와 아이언맨, 토르만 있으면 로키 정도는 식은 죽 먹기로 끝내버리죠. 정말로 그렇겠죠? 로키 그 조무래기 악당쯤은 금세 항복하는 수밖에 없습니다. 쉬워도 너무 쉬운 상대죠. 하지만 로키와 형제 지간이란 의혹을 받는 토르는 로키가 틀림없이 술책을 부리고 있으리라 확신했습니다. 이제 어벤져스는 셉터와 로키를 대적해야 할 판국이었죠. 사실 장난의 신 로키가 비록 감옥에 갇혀 있었어도 힘을 잃은 건 아니었어요. 사람들을 조종하는 것이 그의 장기였으니까요. 그는 의심의 씨앗을 뿌려 어벤져스 영웅들을 이간질시켜 서로 불신하게 했습니다." 제리는 머리를 탁 치고는 바보처럼 실실 웃었다. "어찌 됐을까요. 영웅들 사이가 나빠졌습니다. 상황이 긴박해졌죠. 긴장이 증폭됐습니다. 왜 그랬을까요. 바로 그 '셉터' 때문일까요?! 결정적인 시점이 다가왔습니다. 마인드 스톤의 마법이 효력을 내면서 어벤져스 영웅들 간에 싸움을 붙였습니다. 언제 터질지 모르는 시한폭탄으로 만들어버렸죠. 이윽고 배너 박사는 셉터를 작동시켰고 상황은 극으로 치닫고 말았습니다. 틱… 틱… 틱… 펑!"

"내 챔피언아, 모조리 파괴해버려!" 그랜드마스터가 외쳤다.

제리가 움찔하며 말했다. "음, 그렇게 되지 않았습니다. 무슨 일이 일어났는가 하니, 호크아이와 그 친구들이 마인드 스톤에 세뇌되어 로키를 구하기 위해 출동하고 말았습니다. 아까 말씀드리는 걸 깜박했는데 헬리캐리어라고 정보기관 쉴드의 비행 요새가 있어요. 호크아이 일당은 이 헬리캐리어를 습격하고 갖가지 방법을 동원해 헐크가 날뛰게 했습니다. 로키의 비밀 병기도 출격시켰습니다. 우와! 로키는 헐크가 통제 불가능한 상대임은 익히 알고 있었지만 한 가지 모르는 사실이 있었습니다. 어벤져스 영웅들이 절친한 사이들은 아니지만 함께 뭉치면 환상의 팀워크를 발휘한다는 걸 자기들 스스로 알고 있었다는 걸요. 로키가 완전히 놓치고 있던 부분이었죠. 결국 어벤져스 팀은 헬리캐리어를 구하고 헐크의 난동을 잠재우는 쾌거를 이룩합니다. 하지만 로키는 그 아비규환에서 쏙 빠져나왔죠. 참, 호크아이는 홀로 덩그러니 남겨져 '대체 내가 무슨 짓을 한 거야? 무슨 일이 있었는지 누가 좀 얘기해줘?!'라고 했습니다. 어벤져스 영웅들은 잠시 섬뜩한 기분이 들면서 다소나마 교훈을 깨달았죠. 그들은 이제부터 한마음 한뜻으로 힘을 모아 로키든 누구든 다 상대해서 격퇴해버리겠노라 결심했습니다.

"사실 처음엔 지극히 두려운 심정으로 이 여정에 나섰는데 이제는 즐기게 됐어." 그랜드마스터의 말에도 콜렉터는 아무 말이 없었다. 인피니티 스톤에 관한 지식을 하나라도 더 습득하느라 정신이 팔려 있었다.

"이때 로키와 셀빅 박사는 뉴욕 스타크 타워 꼭대기에서 미친 듯이 윙윙, 부웅부웅 거리고 있는 헬리캐리어에 테서랙트를 매달아버렸습니다. 갑자기 거대한 포털이 하늘에서 열리더니 치타우리 군대가 출몰하고 말았습니다! 병사들이 떼거지로 몰려오고 리바이어던이라는 거대 괴물 내려왔습니다. 한마디로 야수 천지였습니다. 곧이어 어벤져스 팀이 출격하고 상상을 초월하는 상황이 벌어집니다!"

콜렉터는 "어벤져스가 승리했겠지. 당연하지." 하고는 잠시 머뭇거리더니 "셉터랑 테서랙트는 어떻게 됐어? 맨 끝으로 빨리 감기해." 하고 지시했다.

제리는 기가 팍 죽었다. 개인적으로 가장 좋아하는 부분을 설명할 수 없게 되어서였다. 하지만 "토르는 테서랙트를 아스가르드에 안전히 복귀시키고, 쉴드는 셉터를 구조했습니다." 하면서 금세 기력을 되찾았다. "다음에도 역시 상상 불가의 상황이 펼쳐질 예정입니다. 후속편 〈소코비아의 전투〉를 기대해주세요." 영상이 끝나고 제리는 마지막 자세 그대로 얼어붙어 있었다.

그랜드마스터가 물었다. "하나 더 볼 수 있겠어, 티반? 난 괜찮은데. 솔직히 이 홀로그램 해설자는 죽도록 싫지만 어벤져스의 모험이 궁금해서 못 견디겠어."

"제리, 〈소코비아의 전투〉편 진행해. 미주알고주알 자잘한 사항까지 다 늘어놓고 하품 나게 했다가는 가만 안 두겠어. 셉터하고 마인드 스톤 부분에 집중하도록." 콜렉터가 말했다.

제리는 앞으로 설명할 모험을 사전 점검하는 듯 앞뒤로 움직였다. "자! 마침내 쉴드 요원들은 셉터를 확보했습니다. 셉터를 속속들이 조사하고 확인했죠. 그런데 아뿔싸 요원 하나가 셉터를 훔쳐 도망갔어요. '다들 잘 있어! 이제부터 난 하이드라라는 악명 높은 테러 조직에서 일할 테야. 안녕!' 그러고는 하이드라 총사령관 볼프강 폰 스트러커에게 셉터를 갖다 바쳤습니다. 소코비아라는 촌구석에 연구 기지를 두고 있었던 스트러커 남작은 셉터의 파워를 간절히 원해 하이드라 소속 최고 과학자들에게 초과근무를 시켜 셉터의 비밀을 풀게 했습니다. 그리하여 치타우리 군대의 훼손된 무기 중에 일부를 복구시켜 활성화시켰습니다. 하지만 그걸로 성에 안 차 과학자들을 더 압박해 인류 대상의 실험을 강행케 했습니다. 소코비아인들이 수없이 죽어 나갔지요. 아, 너무

슬퍼요. 이를테면 달걀을 깨트리지 않고는 오믈렛을 만들 수 없다는 사실을 몸소 실천한 건가요?"

"너무 잔인하군. 맞는 말이긴 한데 잔인해." 그랜드마스터가 말했다.

"이윽고 어느 젊은 쌍둥이가 스트러커의 실험을 받고 죽음의 주기를 깨뜨리는 결과를 보여줍니다. 완다 맥시모프와 피에트로 맥시모프였는데 둘은 셉터를 통해 향상된 능력을 얻었죠. 완다는 마법의 힘을 획득해 텔레파시와 염력을 부리고 '포스필드'를 생성할 수 있게 됐습니다. 또 주변의 전기 인터페이스를 이용해 환상을 만들어 사람들 마음을 조종하게 됐죠. 게다가 공중 부양 능력까지 생겼답니다!"

"피에트로는?"

"피에트로는 빨리 달리는 능력을 얻었어요."

"쯧쯧, 그 친구 안됐네." 그랜드마스터가 혀를 찼다.

"스트러커는 어느 정도 원하는 바를 이루자 더욱더 야망을 키웁니다. 셉터를 이용해 고성능 로봇 군대를 제작했죠. 이에 어벤져스는 스트러커의 계획을 낌새채고 그의 요새로 잠입합니다. 소코비아 시민들은 불쌍하게도 로봇 군대의 집중 공격에 속수무책으로 당하고 있었습니다! 어벤져스는 스트러커의 로봇 군대를 향해 돌진했죠. 특히 아이언맨은 스트러커의 연구 기지 방어벽을 파괴하고 하이드라의 실험실을 습격해 치타우리 부대가 거느린 거대 괴물 리바이어던을 절단 낸 뒤 그 부품으로 로봇 드론을 만들었습니다. 아이언맨은 스트러커가 이토록 멋진 기술을 활용했다는 사실에 내심 질투가 났습니다. 셉터를 포착한 그는 침 삼키는 소리도 안 나게 입을 꼭 다물고 숨죽인 채 셉터를 막 손에 넣으려고 하는데, 그만 완다 맥시모프가 마법을 부리고 말았습니다. 어린 마녀로 돌변해 아이언맨에게 공포스러운 환상을 보여준 거죠. 어벤져스 팀원들이 은하계 외딴곳에서 혹독한 추위로 죽어가는 장면이었죠! 팀원들은 처절히 울부짖으며 아이언맨이 자신들을 구해주지 않았다며 지독히 원망하고 있었습니다. 이윽고 환상 마법이 종료됐습니다. 마녀는 어찌 됐을까요? 홀연히 사라졌습니다. 안녕. 아이언맨은 안간힘을 다해 환상에서 벗어나 셉터를 낚아채고는 어벤져스 전원과 함께 집으로 향했습니다."

"그러니까 마인드 스톤이 깊은 곳에 감춰진 어두운 진실을 아이언맨에게 보여준 거네. 바로 그게 마인드 스톤이 하는 일이기도 하고." 콜렉터가 말했다.

"네! 정확합니다, 선생님." 제리는 고개를 끄덕이며 대답했다. "음, 네, 그래서 아이언맨은 셉터를 면밀히 조사했지만 특이 사항을 발견하지 못했습니다! 그러다 셉터가 마인드 스톤의 파워를 담고 있는 용기에 불과하다는 걸 깨달았습니다. 아하, 바로 이거구나 했죠. 토니 스타크는 '오호라, 내가 비밀리에 진행 중인 울트론 평화 유지군에게 셉터의 에너지를 연료로 넣으면 되겠구나' 했습니다. 브루스 배너는 과학자라서 앞으로 어떻게 대응해야 할지 알고 있었지만 나머지 어벤져스는 뭐가 뭔지 도통 모르고 있었습니다. 토니 스타크는 어벤져스 동료들에게 거짓을 말하고 싶지 않았지만, 세계 평화를 이룩할 수만 있다면 사소한 거짓말쯤은 괜찮지 않을까 고민했죠! 어벤져스는 그동안 별의별 일들을 겪으며 만신창이가 되어 있었습니다. 머리가 아프고 잠을 이루지 못했습니다. 그러다 한계에 이르렀구나 하는 순간 울트론이 깨어났습니다! 바로 그 멋진 마인드 스톤 덕분이었죠. 그런데 결과적으로 좋은 일이 아니었습니다. 울트론은 토니 스타크의 비서 자비스를 손상시키고 잔해 부품들로 로봇을 만들어 마침 파티를 벌이려 하던 어벤져스를 경악시켰습니다! 급기야 토니 스타크의 아이언 로봇을 조종하여 사람들을 공격하게 했습니다. 거참, 소개식 한번 거창하군요. 그런데 아뿔싸 이건 시작에 불과했습니다. 울트론의 야욕은 따로 있었습니다. 지구를 파괴한 다음 웹(web) 속으로 사라져 치타우리 군대의 기묘한 무기로 가득한 스트러커의 연구 기지에 들어가는 거였죠."

"셉터는 어떻게 됐어?" 콜렉터가 질문했다.

"울트론이 가로챘죠. 어벤져스는 열불이 났습니다. 바야흐로 울트론은 지구상에서 인류를 절멸시킬 음모를 꾸미고 있었습니다. 그 멍텅구리 쌍둥이까지 꼬드겨 계획에 가담시키려 했습니다. 지키지도 못할 온갖 걸 다 해주겠다며 구슬렸죠. 쌍둥이는 오갈 데

없이 홀대받는 신세였던지라 그만 울트론의 사탕발림에 넘어가고 말았습니다. 기댈 사람이 아무도 없었거든요."

그랜드마스터는 콜렉터를 쿡 찌르며 말했다. "네 그 가여운 킬란 같은 처지였군."

"울트론은 일단 계획에 돌입할 태세는 갖췄고, 비브라늄이란 놀라운 금속 물질만 훔치면 되는 상황이었습니다. 막 비브라늄을 뒤쫓고 있는데 어벤져스가 짠 하고 등장했죠. 정말이었다니까요. 그런데 아뿔싸! 울트론과 어벤져스가 싸우는 중에 글쎄 그 마녀 완다가 우리의 영웅들에게 마법을 부리고 말았습니다. 한 명 한 명 최면에 빠트린 다음 무시무시한 환상이며, 갈라지고 쪼개진 현실의 모습을 있는 대로 싹 다 보여주었습니다. 파괴와 고통과 죽음에 허우적대는 현장을요. 급기야 완다는 헐크의 머릿속까지 파고들어 헐크를 아이언맨을 쳐부술 무기로 사용했습니다."

"한때 내가 그런 전투에 거액을 댄 적이 있지. 어마어마한 비용을." 그랜드마스터가 말했다.

"그 환상들이 뭘 의미하는지 알고 싶어." 콜렉터가 말했다.

제리가 외쳤다. "토르도 그랬답니다! 그 이미지가 정말 소름 끼치게 무서웠습니다. 그는 정말로 미래를 봐야겠다는 생각에 작은 동굴에 있는 환영의 샘이란 온천에서 목욕을 하다가 인피니티 스톤을 봤습니다. 여기서 잠깐, 다른 이들은 어떻게 됐을까요? 울트론이 셉터를 이용해 새로 만든 로봇에 연료 공급을 시도한 거 기억하시죠? 그런데 연료가 꽉 채워지기 전에 어벤져스가 나타나 로봇과 셉터를 빼앗았습니다. 쌍둥이는 어찌 됐을까요? 크게 깨달은 바가 있었습니다. 울트론이 자신들을 오랫동안 맡아줄 심산이 없음을 간파한 그들은 후다닥 달아나 어벤져스에 합류했습니다. 어벤져스 전원은 '우리 팀에 잘 왔어, 친구들!'이라고 하며 환영했습니다." 제리는 끝도 없이 떠들더니 느닷없이 딱 멈추고는 언제 그랬냐는 듯 울적한 표정을 지었다. "저도 친구가 있으면 얼마나 좋을까요." 그러더니 곧바로 또 감정을 추스르고 "정신 차려, 제리"라고 외쳤다. "어디까지 얘기했었죠? 아, 맞다. 토니 스타크는 비서 자비스의 도움으로 로봇 본체에 인공지능(AI) 프로그램을 업로드했습니다. 이는 어벤져스 동료 사이에 분란이 생길 거라는 암시와도 같았습니다. 토르는 인간 모습을 한 그 로봇에 아스가르드인 수준의 파워를 불어넣었고 그러자 완전히 새로운 생명체가 탄생했습니다. 바로 '비전'이었죠. 비전의 이마 한복판엔 마인드 스톤이 떡하니 박혀 있었습니다. 비전 없이는 어벤져스가 울트론을 격파시킬 길이 없다는 얘기였죠. 토니 스타크는 상황이 어떻게 돌아가고 있는지 정확히 꿰뚫어보고 있었던 겁니다. 게다가 비전은 토르의 망치도 들고 있었습니다."

"티반, 넌 그게 불가능하다고 했잖아!" 그랜드마스터가 투덜거렸다.

"인피니티 스톤만 있으면 만사형통이지. 입이나 다물고, 얼른 결론이나 보자고." 콜렉터는 그랜드마스터에게 핀잔을 주고는 제리에게 말했다. "맨 끝으로 빨리 감기 해, 제리."

제리가 말했다. "어벤져스는 지구를 구했습니다. 울트론은 막강한 상대였지만 비전은 '너쯤이야 아무것도 아니지!' 하며 마인드 스톤으로 울트론을 한방에 격퇴해버렸죠. 먼지가 잦아들자 어벤져스는 '방금 무슨 일이 있었지?'라며 감격했습니다. 아이언맨은 잠깐이라도 잠을 푹 자고 안정을 찾아야 했습니다. 토르는 전에 봤던 그 끔찍한 환상을 뇌리에서 떨칠 수가 없어 다른 인피니티 스톤을 찾으러 우주로 떠났습니다."

콜렉터는 "일시 중지!" 하고는 그랜드마스터를 향해 "이 얘기는 안 했잖아"라고 외쳤다.

"그게 말이야, 토르가 사카아르에 있었을 때는 인피니티 스톤을 찾은 적이 없어. 내가 걸어놓은 쇠고랑에서 벗어나려고 분투하느라 정신이 하나도 없었지. 쇠고랑이 꽤 날카로웠거든. 그나저나 쌍둥이는 어떻게 된 거지, 제리?"

"피에트로는 죽고 완다는 스칼렛 위치라고 어벤져스 일원이 되었지요. 캡틴 아메리카는 워 머신과 팔콘과 비전을 어벤져스 일원으로 선발했고요. 또 어벤져스 팀은 소코비아 전투 이후 실력이 한층 향상됐습니다! 그다음에 무슨 일이 벌어졌는지 궁금하시겠지만 짐작조차 못 할 겁니다! 후속편 〈소코비아 협정과 윈터 솔져의 귀환〉을 기대해주세요." 말을 마친 제리는 앞 편과 또 다른 자세로 멈춘 채 꼼짝 않고 있었다.

콜렉터는 초조해서 투덜댔다. "마인드 스톤에 무슨 일이 일어났는지 알려주고 끝내야지. 궁금해 죽겠네."

제리는 앞뒤로 움직이며 자신을 다시 프로그래밍했다. "비전은 인공지능이지만 인간이 되는 법을 터득했습니다. 두뇌가 우수하기는 해도, 자신에게 생명을 준 인피니티 스톤이 세상에서 가장 강력한 존재라는 사실, 전 우주가 호시탐탐 노리는 대상 중에 일순위라는 사실은 전혀 몰랐습니다. 비전에게는 인피니티 스톤이 불가사의 그 자체였습니다. 아, 완전히 그렇진 않군요. 비전이 완다하고 염문을 뿌린 적이 있었거든요. 앗, 이거 비밀인데 아무한테도 말하지 마세요. 어쨌든 둘이 썩 잘되진 않았어요. 완다가 저항의 뜻으로 자신이 가진 마인드 스톤과의 연결 능력을 이용해 비전을 제압해버렸죠. 이로 인해 슈퍼 히어로 간의 전쟁이 일어났습니다. 자세한 이야기는 듣고 싶지 않을지도 몰라요."

"그래, 그 말은 맞아. 종료. 이제 미잘라를 불러줘. 더는 이 이야기에 할애할 시간이 없다고. 미잘라에게 우리가 원하는 정보가 없으면 딴 데서 찾아야지 뭐."

제리의 목소리가 가라앉았다. 감정이 벅차오르는 듯했다. "저도 데려가 주시면 안 될까요? 제발요. 어떤 기술자가 제 고유 알고리즘을 변경시켜서 저를 이 정육면체 안에 가둬버렸거든요. 저라고 좋아서 이런 소리를 내는 줄 아세요? 다 감금돼서 그런 거예요.

흐흑, 그전엔 로봇이었습니다. 제발 도와주세요. 간곡히 부탁드립니다."

그러자 그랜드마스터는 바닥에 있던 망치를 집어 그 정육면체 기기를 박살 내버렸다.

"방금 무슨 짓을 한 거야?!" 콜렉터가 고함을 질렀다.

"가련하고 성가신 존재를 처참한 고통의 구렁텅이에서 해방시켜줬지. 이따위 홀로그램 남자가 안쓰럽다는 말일랑 아서라, 하지도 마." 그랜드마스터가 말했다.

위용 위용 위용!

사이렌이 울리고 미잘라가 사무실로 들어왔다. 당황하는 기색이 역력했다. "문제가 있어." 미잘라가 힘겹게 가쁜 숨을 돌리며 말했다. "실은 내가 지난 몇 년간 불법행위를 좀 했거든. 그래서 이 일에 나설 자신이 없어. 무슨 말인지 알지?"

"숨기지 말고 다 털어놓으시지!" 그랜드마스터가 외쳤다.

"지금 노바 군단이 노웨어에 있는데 보이는 족족 감옥에 밀어넣고 있다고 하네요. 정말이에요." 미잘라가 말했다.

"그래도 다행인 줄 알게. 티반이 노바 군단 관계자를 매수해서 그 일에서 손 떼게 하면 되니까. 티반이 잘 해결해줄 수 있어. 티반, 어서 그렇다고 해." 그랜드마스터는 콜렉터를 떠밀며 말했다.

"말도 안 되는 소리. 그런 말 한 번만 더 하면 가만 안 두겠어." 콜렉터가 대꾸했다.

미잘라의 무선호출기가 울렸다. 미잘라는 "클리튼의 쉼터!"라고 외쳤다. 그녀는 "인피니티 스톤의 행방을 파악하려면 반드시 가봐야 하는 곳이야"라고 설명했다. 노바 군단이 접근하는 소리가 점점 크게 들렸다. 미잘라가 낡은 신발 더미를 발로 걷어차자 바닥의 쪽문이 드러났다. "저 머저리들은 제가 상대할 테니 당신들은 도망가요. 어서 여기로 들어가요. 안전한 데로 연결되니까 걱정 말아요."

"대체 거기가 어딘데?" 콜렉터가 물었다.

미잘라는 차마 입이 안 떨어졌다. 환대받지 못할 곳이었기 때문이었다.

"사실은 하수로야, 미안해."

미잘라는 두 사람을 쪽문으로 떠밀었다.

Chapter

8

그랜드마스터와 콜렉터는 한 시간 넘게 하염없이 걸어갔다. 옷에는 덕지덕지 각종 오물들이 들러붙어 있었다. 하수로에서 둘은 전혀 낯선 환경에 맞닥뜨렸다. 특히 콜렉터가 그랬다. 지금까지 노웨어라고 하면 손금 보듯 빠삭하게 꿰고 있다고 자신했었다. 그런데 오늘 노웨어에서 가장 빈곤한 동네를 몸소 걸어보니 자신이 틀렸음을 깨달았다. 하지만 노웨어의 가장 추한 면이고 뭐고 눈에 들어오지 않았다. 나중에 생각해도 될 일이었다. 현재 상황에서 초미의 관심사는 인피니티 스톤의 행방을 알아내는 거였다.

그랜드마스터가 그 사실을 일깨워줬다. "시간이 없어, 형제. 우린 시간을 너무 잡아먹었어. 지금쯤 어떤 악당이 인피니티 스톤을 손에 넣었을지도 몰라. 그럼 이 모든 노력이 수포로 돌아간다고. 으악! 생각만 해도 끔찍하다. 얼마나 더 가야 클리튼의 쉼터가 나오는 걸까?" 콜렉터는 꿀 먹은 벙어리가 따로 없었다. 그랜드마스터가 다시 말했다. "그런 일은 절대 있을 수도 없고 있어서도 안 돼. 거기가 어딘지 알긴 해, 티반?!"

"그런 데가 있는지 오늘 알았어." 콜렉터는 부드럽게 말했다.

그랜드마스터는 열이 받았다. "아니, 어떻게 그럴 수가 있지?" 그가 녹슨 간판을 가리켰다. 집단 주거지 근처에 걸려 있었다. "티반 그룹이라고 되어 있어! 이 행성 동네방네에 너의 그 더러운 지문이 묻어 있는데, 위치를 모른다니 말이 돼? 알아듣게 설명해봐!"

"바빴다고!" 콜렉터는 뿔이 나서 답했다. 하지만 사실은 전혀 그렇지 않았다. 오히려 정반대였다. 그 비극이 일어난 후로 언젠 가 이런 돌발 상황이 발생할 수 있겠다 싶었는데, 아니나 다를까 그렇게 됐다. 좀 더 외출을 많이 해야 했다.

"네 임무를 소홀히 하느라 바빴겠지." 그랜드마스터는 콜렉터의 마음을 읽은 듯 꼬집어 말했다. "지배자가 되고 싶으면 그 썩어빠 진 의자에서 나와서 주변 상황을 파악했어야지!"

"지금 그러고 있잖아." 콜렉터는 침착하게 숨을 들이쉬고는 볼 멘소리를 했다.

"노웨어는 쓰레기 판이야. 온통 시궁창 냄새로 찌들어 있어. 공 기는 탁하고 독해. 노웨어에 온다고 준비하면서 대충 짐작은 했지 만 이 정도일 줄은 정말 상상도 못 했어." 그랜드마스터가 이렇게 실망감을 내비치자, 콜렉터도 형제에게 안타까운 마음이 들려고 했다. "그래도 사카아르에서는 걸출한 거물급 인사로 존경받았어. 다수에게 경외를 받고, 일부에게는 미움을, 소수에게는 사랑을 받았지. 사업체를 설립한 게 아니라, 하나의 왕국을 건설했다고. 내로라하는 존재였어."

콜렉터는 딱 잘라 말했다. "그건 다 옛날 일이고. 상황은 변하기 마련이야. 힘든 시기를 잘 이겨내야지."

전방에 통로가 보였다. 부서진 파이프에서 물이 콸콸 흘러나오고 있었다. 또 바로 옆 통풍구는 오염된 공기를 뿜어내고 있었는데 주위가 후끈거릴 정도였다.

"저기서 몸 좀 씻고 말리자."

"난 안 할래." 형제의 제안을 그랜드마스터가 거절했다.

"옷 안 벗어도 돼." 콜렉터가 안심시켰다.

"가난한 사람들이나 길거리에서 목욕하는 거야. 난 가난뱅이가 아니라 은하계의 우상이라고." 그랜드마스터는 격분했다.

콜렉터는 그랜드마스터의 멱살을 잡으며 말했다. "네 구역도, 왕국도 없어! 깡그리 파괴됐잖아, 앤 드위! 네가 여기 적응하든지 죽든지 나랑은 하등 상관이 없다만, 나랑 같은 길을 가기로 했으면 군말 말고 따라오든지 썩 물러나든지 둘 중에 결정해."

그랜드마스터는 피식 웃었다. "결국 그 마음속에는 불길이 활활 타오르고 있었군." 그가 콜렉터의 손을 확 밀어냈다. "한 번만 더 내 몸 건드려봐. 그 손가락을 하나하나 뜯어내서 네 지하실에 있는 잔다르 불더 크러셔의 먹이로 줄 테다, 형제." 그러고는 세차게 흘러내려 오는 물살 쪽으로 쿵쾅쿵쾅 달려가더니 황금색 가운에 묻은 진흙을 털어내기 시작했다. "나 원 참, 자존심 상해서."

그랜드마스터는 투덜거리며 물을 뿌려 오물을 박박 닦아냈다. 콜렉터는 그런 형제의 모습을 지켜보고 있었다. 둘은 옷을 닦아낸 다음 환풍구 앞에 서서 강력한 바람으로 옷을 말렸다. 뭔가 기분이 묘하면서도 좋았다. 제법 오랫동안 자기들 앞에 펼쳐진 현실에 대해 아무 생각도 않고 있었기 때문이었다. 옷을 말린 형제는 다시 길을 떠났다.

길거리에서 구걸하는 사내아이가 보였다. 아이는 동전을 달라고 손을 내밀고 있었다. 그랜드마스터는 무릎을 꿇고 아이에게 물었다. "안녕, 꼬마야. 우리가 지금 클리튼의 쉼터란 데를 찾고 있는데 혹시 어디에 있는지 아니?"

아이는 텅 비어 있는 자기 손을 가리켰고, 그랜드마스터는 아이의 손을 쓱 밀어냈다. "그 냄새 나는 손 치우고 내 질문에나 답하렴."

"엿이나 먹어!" 아이가 으르렁댔다.

"너 강제 노동 수용소에 처넣어먹겠다. 어린놈이 빌어먹는 주제에 세상 고마운 줄을 모르는구나." 그랜드마스터가 호통을 쳤다.

때마침 노바 군단이 형제가 있는 지역에 진입해 침투하는 중이라 중이라 형제는 숨을 곳이 필요했다.

"저기로 가자." 콜렉터가 어두컴컴한 다리 밑을 가리켰다. 부랑자와 거지를 비롯해 사회에서 버림받은 이들로 득실득실했다. "저런 데까지 뒤지진 않겠지. 저긴 안전할 거야."

둘은 쏜살같이 공원 안으로 뛰어 들어가 그 다리 밑 부랑자들 틈에 끼었다. 티 나지 않게 한 무리로 보이려고 했다. 자칫하면 발각되기 십상이었다.

"노바 군단이 뭐가 무서워서 우리가 이렇게 숨어야 하지? 잘못

한 일도 없잖아. 하필 그때 거기에 있었던 게 잘못인가?"

"너 누구 죽인 적 없어? 뭐 훔친 적 없어? 노바 군단은 집에서는 그 어떤 잘못을 해도 볼 수가 없지만, 지금은 밖에 나와 있잖아. 긁어 부스럼 만들지 말라고. 공연히 나대지 말고 입 다물고 눈 질끈 감고 버텨." 콜렉터가 말했다.

둘은 다리 밑을 다니며 그곳 사람들의 일상을 지켜봤다. 먹을거리를 만들어 친구, 가족과 나누는 모습, 농담을 주고받으며 즐거운 한때를 보내는 모습이 보였다. 심심풀이로 게임을 즐기는 이들도 있었다.

그랜드마스터가 말했다. "있잖아, 티반. 이 사람들 아스트로 칩스(Astro Chips) 게임을 하고 있어. 우리 어렸을 때도 했었는데 기억나? 주로 내가 이겼는데. 열에 아홉은 그랬지. 그럴 때마다 넌 잔뜩 약이 올라서 날 때리려고 했잖아." 그랜드마스터는 한숨을 내쉬며 좋았던 시절을 그리워했다. "정말 재미있었는데."

"어린 시절은 기억도 안 나." 콜렉터가 말은 이렇게 했지만 꼭 그렇지만도 않았다. 유년기의 기억이 대부분 희미해지긴 했지만 일부 남아 있었다. 하늘을 수놓았던 다채로운 빛을 늘 떠올렸으니 말이다. 그 빛에 이끌려 숱한 밤을 지새우지 않았던가. 꿈에도 나타났었다. 빨강, 파랑, 보라, 노랑, 주황의 빛깔들이 망울망울 피어 있었다. 그 시절엔 어디서든 그 빛을 목격했고 한시도 빛 생각을 안 한 적이 없었다. 그러다 점점 나이를 먹고 어른이 되면서 그 빛의 정체를 서서히 알게 되고 찾아 나서게 됐다. 이제 그 빛 중 하나에 가까워지고 있었다. 한 줄기 희망이 보이는 듯했다.

그랜드마스터는 형제의 눈이 별처럼 초롱초롱 빛나는 걸 보고 뭘 생각하는지 단번에 알아차렸다.

"다 잊어버려도 인피니티 스톤에 대한 애정은 남아 있구나. 안 그래? 이 작은 돌들이 뭐라고 아예 지배를 당하고 있네."

"그 무엇도 날 지배하지 못해!" 콜렉터는 왈칵 성질을 냈다. 하지만 말을 내뱉는 순간 거짓말임을 알았다. 인피니티 스톤이 자신을 지배하고 있는 건 맞을지언정 그랜드마스터에게 더는 중요한 정보를 주고 싶지 않았다.

"그래도 이거 하나는 말해봐. 인피니티 스톤을 확보할 대책은 있는 거야?"

"없어."

"흠 그렇군. 앞으로 우리가 어려운 선택을 해야 할 상황이 닥치면 잊지 않고 그 말을 해줄게. 그리고 말을 똑바로 하자. 인피니티 스톤 말이야 널 지배하고 있는 거 확실해. 자꾸 아니라고 하니까 웃겨 죽겠다."

둘은 발이 부르트고 쓰라렸다. 열을 내며 옥신각신하다가 벤치에 앉았는데 옆을 보니 부랑자 부부가 앉아 있었다. 그들은 성가실 만치 소란을 피웠지만 온 공원을 둘러봐도 거기밖에 앉을 데가 없었다. 둘은 뻔뻔스럽게 부부의 대화를 엿들었다.

아내가 언성을 높이며 말했다. "타고, 이제 도망치는 데 지쳤어! 계속 이렇게 사느니 과거의 잘못을 받아들이는 게 나아. 지금 우리 꼴을 봐. 거지들이 진을 친 공원에 앉아서 음식 쓰레기나 먹고 있잖아. 몰래 숨어 지내는 거 신물이 나. 현실에 정면으로 부딪혀야 해!"

그러자 타고라는 그 남자가 고개를 흔들었다.

"벨, 생각 똑바로 해야지. 좀 더 숨어 있어야 해. 어느 정도 자리가 잡힐 때까지. 그러면 아이들도 다시 만날 수 있어. 지금 나가면 나르타즈가 찾아낼 게 분명해. 그럼 우리 끝장이라고."

그랜드마스터가 끼어들었다. "실례하오만, 방금 나르타즈라고 했소?"

벨이 고개를 끄덕이자 타고가 설명했다. "그렇소만. 그놈이 공원 이용료를 강제로 거두고 있소. 라바저스나 하는 짓거리지. 그런데 뭐 때문에 그러시오?"

"그럼 당신도 갈취당하고 있는 거요?" 그랜드마스터가 물었다.

타고는 그랜드마스터를 꺼림칙한 시선으로 노려보며 물었다. "그러는 그쪽은 정체가 뭐요? 혹시 나르타즈 친구요? 한통속인 건가?" 분노를 못 이긴 타고는 그랜드마스터를 들어서 땅바닥으로 내동댕이치고는 한 발로 목을 압박했다. "소리 한번 질러보시지. 숨구멍을 터뜨려버릴 테다."

그랜드마스터는 협박을 받으니 헛웃음이 나왔다. 아무래도 숨이 막혀 사례가 들린 것 같았다. "하하하! 와, 대단한데. 황당하지만 기분이 나쁘진 않네. 이 일대에서 불량배들을 만나니까 왠지 기분이 좋아져. 물론 제대로 당하기는 했지만 말이야. 악취 나는 부랑자만 아니었어도 일자리를 하나 제안할까 했는데. 어서 일으켜나 주게. 계속 이리 놔두면 폭발할지도 모른다네."

콜렉터가 대신 애원했다. "내 형제를 용서해주시오. 물불 안 가리고 덤비는 성격이라 그렇소. 우리가 나르타즈랑 한통속이라니 말도 안 돼요. 내 목숨을 걸고 맹세할 수 있소."

"잘 보고 말하시지. 우리가 어딜 봐서 라바저스처럼 보이나?" 그랜드마스터가 입을 열었다.

타고는 그랜드마스터를 흘깃 쳐다보고 어깨를 으쓱하더니 발을 빼고 일으켜 세웠다.

"그나저나 나도 허기가 지는군. 알고 보면 피차 같은 처지요." 옷의 먼지를 털어낸 그랜드마스터는 타고에게 몸을 들이밀고 눈을 뚫어져라 쳐다봤다. "이 악의 소굴에서 나간 뒤에 또 마주치면 그때는 신상에 좋지 않을 거요." 그러고는 한층 더 밀착해 귀에 대고 속삭였다. "네 여자가 보는 앞에서 목을 딴 다음, 머리는 네 자식놈들한테 보내고 몸통은 잘게 다져 짐승 먹이로 뿌려줄 테다." 그러자 타고는 벌벌 떨며 뒷걸음질 쳤다. 이를 본 그랜드마스터는 뿌듯한 감정을 느꼈다. "형제여, 어서 이 선량한 분들 놓아드리고 우리 갈 길이나 가자, 응?" 형제는 부부에게 작별을 고했다.

곧이어 노바 군단이 그 공원까지 싹 쓸어갔다는 걸 알았다.

"너 이제는 웬만큼 정상 궤도에 올라온 것 같은데. 그럼, 어서 절망의 나락에서 벗어나자. 일단 마인드 스톤을 확보하고 나면 적합한 고정 장치를 구해야 할 거야. 내 생각엔 벨트가 좋을 것 같아."

"나르타즈랑 혹시 친구 사이야?" 콜렉터가 물었다.

"아니. 그냥 참견해본 거야. 그나저나 날 위해 영웅처럼 나서서 세심하게 챙겨주다니 얼떨떨하네. 고마웠어. 너한테 그런 면이 있을 줄이야. 어벤져스 일원으로 들어가도 되겠어. 안 그래도 그 저질 홀로그램 영상을 넋을 놓고 보더라니. 그 괴상하고 가소로운 어벤져스에 제대로 홀렸구나." 그랜드마스터가 대답했다.

"보통 인간보다 진화된 인간들로 이뤄진 팀을 보고 매료됐을 뿐이야. 우주의 기준에서 보면 개미에 지나지 않는 미물이지만 범우주적 문제에 개입해 두각을 드러냈잖아. 한마디로 오지랖이 넓은 거지. 그냥 지구에 머물면서 자기들 일이나 잘했으면 좋겠어."

"너 시샘하는구나. 설마 영웅이 되고 싶어? 진짜?"

콜렉터가 바로 짚어줬다. "난 그저 지배하고 싶을 뿐이야. 인피니티 스톤이 있으면 그럴 힘이 생기지. 앞으론 이런 질문 절대 금지야."

하지만 그랜드마스터는 속뜻을 읽어내지 못했다. "네가 지배를 한다고? 뭘 가지고, 티반? 에테르도 없다며. 에테르를 갖고 있다고 할 때부터 내 확실히 감이 왔지. 정말로 있다면 사용해야 하잖아. 엄청난 무기를 보유하고 있다면, 표적에게 들이대서 원하는 걸 손에 넣는 데 활용하는 게 당연하지 않나. 제정신이면 누구든지 알겠다." 그랜드마스터의 목소리가 잦아들었다. "그 사고 중에 에테르를 잃었다면 그렇다고 이실직고해. 물론 창피스럽겠지. 인피니티 스톤을 두 개씩이나 소유했었는데 운명의 장난으로 한순간에 날려버렸다고 하면."

콜렉터는 궁지에 몰려 어쩔 줄 몰라 하다 이를 악물고 말했다. "너한테 가타부타 말하고 싶진 않아."

그랜드마스터는 콜렉터의 팔을 툭 건드렸다.

"자, 잘 들어봐. 바닥을 치고 있다고 해서 다시 올라가지 못하는 건 아니야. 봤겠지만 나는 동물원을 돌면서 투덜대지도 않고, 부하를 윽박지르거나 온몸에 침을 흘려대는 행동도 안 해. 보시다시피. 그래, 그때 펑고 전당포로 들어가면서 망토에 침 자국이 있는 걸 봤어. 어찌나 더러운지 구역질이 나려고 했어. 속으로 '티반, 아무리 힘들어도 자기 관리 좀 하지'라고 생각했어. 우리는 해야 할 일이 있잖아. 인피니티 스톤이 우리를 기다리고 있다고! 그나저나 클리튼의 쉼터는 대체 어디 있는 거야?!"

그랜드마스터가 특별히 누구를 향한 건 아닌 듯 외친 순간, 공원 내의 모든 시선이 일제히 같은 쪽으로 향했다. 저 멀리 클리튼의 쉼터라고 적힌 큰 간판이 번쩍이고 있었다.

"아, 어떻게 저걸 못 봤지? 그럼 가볼까."

Chapter

9

"안녕하시오. 나는 그랜드마스터라고 하오. 이쪽은 내 형제인 콜렉터고. 클리튼이란 분을 찾고 있소만. 좀 안내해주겠소? 대단히 중요한 문제로 왔소만."

여주인은 뜻밖의 손님이 찾아와 깜짝 놀란 기색으로 "오 당신은!" 그랜드마스터를 가리키며 소리를 질렀다. "지체 높은 감독관(Exalted Overseer) 님이 혼비백산하시겠네! 잠시만 기다리세요."

여자는 흥분해서 정신없이 팔을 뒤흔들고 키득거리며 달려갔다.

"대체 얼마나 자기애가 넘치면 자신을 '지체 높은 감독관'이라고 부르게 한 거지? 면상이나 한번 볼까?"

그랜드마스터는 콜렉터에게 이리 오라는 시늉을 하고 그 어마어마한 내부 공간을 기웃거렸다. 참으로 어이가 없게 괴상한 광경이 눈에 들어왔다. 금색으로 칠갑한 케케묵은 인테리어에 벽면은 온통 싸구려 그림들로 도배되어 있었는데, 어린애의 낙서판이 따로 없었다. 조명이 환히 밝혀진 넓은 댄스 플로어에는 이용객은 거의 없고 외계인 몇 명이 바닥에 누워 곤히 잠들어 있었다.

"여기 뭐 하는 데야?" 그랜드마스터가 속삭였다.

여주인은 잽싸게 돌아와 벅차오르는 감정을 주체 못 하며 말했다. "그랜드마스터 씨, 그리고 콜렉터 씨. 이 시설 소유주의 아들이자 제 상관이신 분을 소개해드릴까 합니다." 여자는 깔깔대더니 목청 높여 외쳤다. "지체 높은 감독관!"

금으로 된 장신구로 칭칭 감은 땅딸막한 초록색 남자가 모퉁이를 돌아 조깅을 하듯 나오면서 허공에 대고 하이파이브를 했다. 헐렁한 슈트 위로 지나치게 부풀린 망토를 걸치고 있었고, 머리엔 품이 남아도는 터번을 두르고 있었다. 특이한 옷들로 가득한 트렁크를 발견하고는 그 안에 든 걸 죄다 입어본 모양새였다. 무엇보다 행동거지가 영 어수룩하고 제멋대로였다. 성인 체구의 아동인지, 아동 체구의 성인인지 분간이 안 갔다. 콜렉터와 그랜드마스터는 서로를 흘깃 봤다. 최악의 상황에 대비하기 위한 눈빛 교환이었는데, 극히 드물게 동지애를 확인한 순간이었다.

"이야이야이야, 그랜드마스터께서 이런 창고를 다 찾아주시다니!" 지체 높은 감독관은 그랜드마스터를 얼싸안았다. "꼬맹이 때부터 이 날을 학수고대했습니다. 그것도 바로 옆에 계시니 정말 감개무량하고 얼떨떨합니다. 이왕 오신 심에 제 장고로 만들어드려야지요."

그랜드마스터는 "나도 기쁘다오." 하고 지체 높은 감독관을 슬며시 밀어냈다. "이 '창고'에 와서 자랑스럽고 게다가 '장고'까지 될 수 있다니 영광이군. 사실 어떤지는 아직 잘 모르겠소만. 아무튼 그렇소."

지체 높은 감독관은 "'장고'는 막역한 친구 같은 거고 '창고'는 어디서나 파티가 가능한 곳이지요. 제가 만든 용어랍니다. 그 방

면에는 천재적 소질이 있거든요." 하며 입을 오므렸다. "다들 제가 그 계통에 귀재라고 그러더라고요. 그냥 머릿속에 떠오르는 걸 말했을 뿐인데 말이지요! 말이 안 되는 경우도 있지만요!"

그러더니 촐랑거리던 음색이 삽시간에 악랄하게 돌변했다. "여기 내 구역이고 당신은 내 규칙을 따라야 해. 명심해."

그러고는 형제 옆을 지나고 텅 빈 클럽을 지나 뒤쪽에 마련된 넓은 프라이빗 룸으로 갔다. 침대로 보이는 길고 호화로운 소파들로 가득한 곳이었다. 테이블마다 이국적인 핑거푸드가 상다리 부러지게 차려져 있었다. 어둑어둑한 실내 한쪽 모퉁이에 지체 높은 감독관의 방이 있고 문간에는 배불뚝이 외계인 보디가드 네 명이 서 있었다.

"오호라, 향신료 뿌린 애벌레랑 펠치 주스잖아." 그랜드마스터는 헐떡거리며 음식 쪽으로 달려가 볼이 터져라 꾸역꾸역 밀어 넣기 시작했다. 지체 높은 감독관은 그 모습을 바로 옆에서 내려다보며 몸짓, 손짓 하나하나에 경탄을 금치 못했다.

"선생님이 여기 오신 게 저한테 어떤 의미인지 아마 모르실 겁니다. 은하계에 선생님 팬이 많지만 그중에도 제가 최고의 팬입니다. 선생님은 제 영웅이세요. 적을 무찌르는 방식이 너무 마음에 듭니다. 언젠가 그 '챔피언 콘테스트'에 꼭 출전하고 싶어요. 아, 얼마나 무법천지 난투극이 벌어질까요! 기막히게 멋질 거예요."

"그런데 클리튼 씨는 누구지?" 그랜드마스터가 입에 음식을 빵

빵하게 채워 넣고 물었다.

"제 아빠예요. 아빠랍니다. 이곳의 주인이죠. 제 생일엔 저만 쓰라고 빌려주시기도 한걸요. 그날 장고들이랑 신나게 놀았죠. 장고들 말고는 아무도 못 들어와요."

"그럼 당신은 뭘 해서 돈을 벌지?" 그랜드마스터가 물었다.

"하하하! 돈은 벌 필요가 없어요. 우리 집은 부자거든요!" 지체 높은 감독관은 미친 듯이 웃어댔다. 보디가드들이 웃지 않는 걸 보고 더 격하게 웃더니, 빤히 쳐다봤다. 같이 웃으라는 묵언의 지시였다. 보디가드들은 마지못해 억지웃음을 지었다. "그래. 내가 웃으면 따라 웃으란 말이야!" 그는 고래고래 고함질렀다. "내가 대장이라고!"

그랜드마스터는 지체 높은 감독관이 성질을 부리는 통에 난처했지만, 부하들이 윗사람의 명령에 복종하는 모습에는 감동을 받았다. "직원들을 아주 꽉 잡고 있군. 그런데 직원들 몸이 젤리처럼 흐물흐물해. 내가 원하는 보디가드 체형은 아니지만 스타일은 좋군."

"재디, 넌 내 스타일 어때? 맘에 들어?" 지체 높은 감독관은 한 바퀴 획 돌며 자신의 해괴망측한 복장을 자랑했다. 그랜드마스터는 할 말이 없어 멍하니 바라볼 뿐이었다.

콜렉터가 불쑥 끼어들었다. "지체 높은 감독관, 사실 우린 인피니티 스톤 얘기를 하려고 왔소이다. 당신이 스톤 하나를 소유하고 있다는 정보를 입수했소이다. 한번 보여줄 수 있겠소?"

지체 높은 감독관은 기다란 흰색 소파에 더없이 편한 자세로 누운 채 만면에 웃음을 띠며 답했다. "좋습니다. 좋아요. 인피니티 스톤이라면 저도 껌뻑 죽는걸요. 지금 가져올까요?! 그런데 일 얘기에 앞서서 하고 싶은 얘기가 하나 있는데요."

"무슨 이야기요?" 콜렉터가 물었다.

"이 양반, 내가 말을 더듬기라도 했소?" 지체 높은 감독관이 툭 툭거렸다. 음침하고도 표독스러운 말투였다. "이야기를 하고 싶다고요. 할 이야기가 있단 말입니다. 이 동네는 다 이렇게 하거든. 게다가 난 지체 높은 감독관이오. 내 구역에 있으면 내 법을 따라야지. 그러는 당신은 뭐 재미난 이야기 좀 알고 있소?"

"많이 알고 있지." 그랜드마스터는 또다시 애벌레를 입에 쑤셔 넣고는 우물거렸다. "티반, 이 소년께 얘기 하나 해드려. 지금 얘네 구역에 있잖아."

"난 아이가 아니라 젊은이라고!" 지체 높은 감독관이 대들었다.

콜렉터는 좀 더 신중했어야 했다. 지체 높은 감독관에겐 불안한 기색이 역력했다. 보아하니 쉽게 끝날 거래가 아니었다. 일단 이 작자가 만든 이상한 규칙에 따라야 인피니티 스톤을 갖고 있는지 아닌지 알 수 있는 판국이었다. 콜렉터는 인내심의 한계를 느꼈지만 '티반, 인피니티 스톤을 찾기로 다짐한 걸 떠올려보자고. 소중한 보물을 되찾을 때가 가까워지고 있잖아. 힘들지만 끝까지 버텨야 해.' 하고 꾹 참았다. "젊은 양반, 인피니티 스톤의 열렬한 팬이라고 하니 말인데, 혹시 파워 스톤에 대해서 듣고 싶소?"

지체 높은 감독관은 손뼉을 짝짝치더니 앉은 자리에서 꿈틀거렸다. "네, 네, 네. 어서 들려주세요. 아니다, 하지 마세요. 워워. 얘기하지 마세요!"

콜렉터는 숨을 훅 들이마셔 마음을 진정시키고는 미치광이 옆에 앉았다. "가디언즈 오브 갤럭시라고 혹시 들어보셨소?" 하고 물어보는데 자기도 모르게 몸이 떨렸다. 그 이름만 입 밖에 내도 소름이 끼쳤다.

지체 높은 감독관은 "뜨악! 제가요, 스타 로드 팬 중에 제일가는 광팬이랍니다." 하고는 막 펠치 주스 한 잔을 단숨에 들이킨 그랜드마스터를 불렀다. "장고, 걱정하지 마세요. 장고의 최고 팬이기도 하니까요."

그랜드마스터는 배 터지게 먹는 걸 멈추고 형제의 귓전에 대고 속삭였다. "그 이야기 처음부터 끝까지 온전히 알고서 얘기하려는 거야? 모르면 우리 끝이 안 좋을 수 있어."

"난 그들과 같은 시대를 살았다고." 콜렉터가 답했다.

지체 높은 감독관이 손가락으로 딸깍 소리를 냈다. 보디가드 네 명이 와서 사방에 베개를 놓아주자 그는 편안한 자세를 취했다. "정말로 재미있어야 해요."

콜렉터는 차분하게 깊은숨을 들이쉬었다. "이야기는 모라그라는 바위투성이 행성에서 피터 퀼이란 지구인 남자가 신비에 쌓인 오브를 발견하면서 시작되지. 오브를 막 손에 넣었는데 코라스라는 크리 종족 사냥꾼에게 기습 공격을 당하게 돼. 알다시피 오브는 누구나 탐내는 거니까. 그래서 코라스와 크리 종족, 오브를 갖고 달아나려는 퀼 사이에 싸움이 벌어졌지."

"퀼이라고 하지 마세요! 스타 로드예요." 지체 높은 감독관은 징징거리며 눈살을 찌푸렸다. "이야기에 별로 소질이 없으시군요."

콜렉터는 '요 녀석이 내 인내심을 시험하네. 그래도 침착해야 해.' 하고 속으로 되뇌고는 고개를 끄덕이고 이야기를 계속했다. "코라스는 싸움에 패한 후 자신의 상관이자 크리 종족 테러리스트인 로난에게 비보를 전하러 돌아갔소. 로난에겐 오브를 안전하게 지켜야 할 책임이 있었지. 자신이 아니라 제삼자를 위해서."

"알아요. 타노스. 타노스 말이죠." 지체 높은 감독관이 말했다.

"누구?" 콜렉터는 그 이름을 듣고 적잖이 당황했다. 전에 타노스란 이름을 들어보기는 했으나 정확한 근거지를 모르고 있었다. 동료 하나가 지나가는 말로 하는 걸 들었던 건 확실한데 그땐 흘려들었다. 이제 보니 타노스가 오브를 노리고 있었던 거였다. 콜렉터는 좀 더 자세히 조사해봐야겠다고 마음먹었다.

"타노스가 로난을 오브 관리 책임자로 고용했죠. 계속하세요!" 지체 높은 감독관이 다그쳤다.

"여부가 있겠소." 콜렉터는 다시 평정심을 찾았다. "로난은 잔다르 행성을 파괴하려 했고 타노스의 도움을 받기로 했지. 하지만 타노스가 오브를 손에 넣은 건 단 한 번뿐이었어. 크리 종족과 잔다르 종족은 오랫동안 원수지간이었고, 오브는 스타 로드의 수중에 있는 상황에서, 이제 로난이 오브를 되찾아올 수 있는지가 문제였어. 그때 악명 높은 암살자인 가모라와 로난의 부하 중 하나가 자원자로 나섰어. 스타 로드의 손에서 오브를 빼앗아 원래 주인들에게 돌려주겠다고 했지."

"가모라는 타노스의 딸이죠. 뜨아, 그것도 모르다니 바보 얼간이." 지체 높은 감독관이 빈정거렸다.

'이 시건방진 꼴통 조무래기가 어떻게 이런 것까지 알고 있지?!' 콜렉터가 속으로 생각했다.

"스타 로드는 잔다르에서 한 중개상과 접촉해 오브를 거액에 팔려고 했소. 그런데 운이 없었던 모양이야. 오브 때문에 크리 종족과 싸웠다고 하자, 중개상은 무슨 이유에서인지는 몰라도 아무튼 로난처럼 비열한 자가 노리는 물건은 매입할 생각이 없다고 했소. 중개상은 퀼, 그러니까 스타 로드를 내쫓았고, 때마침 가모라가 스타 로드의 손에 있던 오브를 잽싸게 낚아채고 말았지. 그러더니 괴상한 두 생명체까지 가세해 오브를 쫓았소. 스타 로드가 오브로 한탕 할 거란 냄새를 맡은 거였지."

"출격 개시, 오브를 사수하라!" 지체 높은 감독관은 베개에서 점프를 하며 액션 배우 흉내를 내기 시작했다.

콜렉터는 난감한 표정으로 그랜드마스터를 봤다. 지체 높은 감독관은 굳이 몰라도 될 것까지 아는 것 같았다.

"형제, 그다음에 어떻게 됐는지 계속 얘기해야지." 그랜드마스터는 고개를 갸우뚱하며 재촉했다.

"스타 로드와 가모라, 그리고 두 생명체는 서로 오브를 탈환하려고 잔다르 행성을 질주하고 있었는데 별안간 노바 군단이 나타났소. 노바 군단은 오브를 압수하고 스타 로드와 가모라와 두 생명체를 체포해 킬른 감옥으로 보냈지. 킬른 감옥은 악질 범죄자들로 가득한 곳이었소. 넷은 옥살이를 하며 처음 생각했던 것보다 서로 공통점이 많다는 걸 알게 됐다오. 곧이어 드랙스 더 디스트로이어라는 신사가 합류해 다 함께 킬른 감옥을 붕괴시키고 오브를 탈환한 다음 그 길로 노웨어로 가서 누군가에게 오브를 팔았지." 콜렉터는 숨을 쭉 들이마셨다. 이제부터 정말 힘든 이야기가 시작되기 때문이었다. "그 누군가가 바로 나요."

"장담컨대 로난이 분개했을걸." 지체 높은 감독관이 말했다.

"정말 그랬소. 단단히 화가 난 로난은 앙심을 품고 자신의 후원자인 타노스의 전령을 죽이고 아더라는 생명체도 죽였지." 콜렉터는 이렇게 말하자마자 흥분해 눈을 부릅떴다. 우주의 거대한 퍼즐 조각들이 갑자기 전혀 예상치 못한 방식으로 맞춰지고 있었다. "아더!" 콜렉터가 그랜드마스터를 돌아봤다. "로난이 아더를 죽였어. 그는 로키가 지구에 있는 내내 같이 일했던 자와 같은 인물이야. 그러니까 지구에서 테서랙트를 되찾을 목적으로 로키를 고용했던 자가 바로 타노스였어. 셉터도 타노스 소유였고. 이해가 돼?! 이제야 퍼즐이 맞춰지는군. 타노스가 인피니티 스톤도 노리고 있어!"

지체 높은 감독자는 짜증을 내며 나 콜렉터를 향해 베개를 던졌다. "딴 데로 새지 말고 어서 얘기나 해!"

콜렉터는 날아오는 베개를 잡아 바로 옆 바닥에 놓았다. 이글이글 끓어오르는 분노가 온몸을 타고 흘렀다. 하지만 내색하지 않으려고 이를 악물었다. '끝까지 평정심을 유지하자, 티반. 이 아이가 생각보다 훨씬 중대한 정보를 쥐고 있을 수 있어. 잘 활용해. 흔들리지 말고 주도권을 잡아야 해' 하고 속으로 다짐했다. "어디까지 얘기했더라? 아, 맞아. 마침내 스타 로드와 그 친구들은 오브를 입수했지만 그 능력이 얼마나 엄청난지는 모르고 있었다오."

"주제가 되풀이되는 걸 알 수 있을 거요!" 그랜드마스터가 끼어들었다.

"그들은 오브를 팔려고 노웨어에 있는 내 박물관으로 왔소. 난 박물관에 도착한 그들을 봤지. 하지만 그자들이 매너 좋은 거래자들이라는 느낌이 안 들었어. 무식하고 덜 떨어지게 보였거든. 그래도 내가 원했던 것을 갖고 있기에 거래를 했소. 본의 아니게 자주 겪어야 하는, 익숙한 상황이었지. 원하는 걸 얻으려면 해야 하는 일이었거든. 이른바 '가디언즈'로 통했던 그들은 인피니티 스톤에 대해 한 수 배우고 싶어 했고, 그래서 내가 알려줬지. 그리하여 그자들은 자신들이 갖고 있던 그 물건이 그저 흔한 오브가 아니라 파워 스톤이라는 사실을 알게 된 거요. 그걸 소유하면 은하계를 지배할 수 있는 대량 살상의 능력이 생긴다는 사실을 말이지. 아, 멋진 물건이야." 콜렉터는 주관적인 감상을 드러낸 것 같아 다시 이야기로 돌아갔다. "그런데 내 밑에 있는 자격 미달의 하찮고 멍청한 노예가 나타나 파워 스톤을 오브에서 빼내는 바람에, 그 안에 고이 묻혀 있던 에너지가 내 박물관으로 흘러나와 버리고 말았소. 산산이 흩어졌지. 내 평생을 걸어도 모자랄 보물이 한순간에 날아간 기분이었어. 나를 둘러싼 모든 세계가 폭삭 무너진 느낌이었지. 그 후로 쭉 예전 같지 않은 삶을 살고 있소."

왠지 모를 안도감이 콜렉터의 몸을 타고 흘렀다. 가장 개인적이고 하기 어려운 속 이야기를 지체 높은 감독관에게 들려주다니, 참 신기하면서도 마음이 편안해졌다.

"그다음엔 어떻게 됐어요?" 지체 높은 감독관은 숨죽이고 기다리고 있었다.

"내가 정신없는 틈을 타 '가디언즈'가 오브와 파워 스톤을 훔쳐 갔소." 콜렉터는 말했다.

"그거 실속 없이 겉만 번드르르하죠. 과대 포장된 거예요!" 지체 높은 감독자가 외쳤다.

콜렉터는 억지 미소를 지으며 그렇다고 끄덕였다. "그래, 맞소.

그런 경험을 설명하기에 적확한 단어요. 짧은 연륜에 그토록 다채로운 어휘를 구사하다니 대단하군."

"오, 맞아요. 나 진짜 똑똑해요. 최고 멋진 단어들 다 꿰차고 있거든요. 참, 가모라가 스타 로드와 사랑에 빠졌다고 들었는데 정말이에요? 둘이 키스했다고 하던데. 진짜 했어요? 가끔 내가 스타 로드고 베개가 가모라라고 생각하고 베개에 키스하거든요."

그랜드마스터는 콜렉터가 또다시 동요하는 걸 보고는 하던 이야기로 돌아가게 했다. "흥미진진한 모험의 세계로 다시 가보실까?"

콜렉터는 평정심을 되찾곤 단호하게 말했다. "그럼 사업 논의도 해야 하니 간단히 요점만 알려드리겠소. 로난은 가디언즈에게 파워 스톤을 빼앗으려고 고군분투했소. 마침내 잔다르를 파멸시킬 만한 능력을 갖게 되자 상관인 타노스의 도움 없이 작전을 개시했지. 오브를 열고 그 마력을 손에 넣었소. 혹시나 해서 말하는데 로난은 이미 무기치고는 상당히 바보 같은 이름을 붙인 코스미 로드라는 무기를 갖고 있었소. 그는 코스미 로드에 파워 스톤을 장착시킨 다음, 다크 애스터라는 본인 소유의 함선과 네크로크래프트 함정을 이끌고 잔다르 행성을 침공했소. 이에 노바 군단은 가디언즈와 한 팀을 이룬 후, 로난이 쉽게 분리한 스타 블래스터를 이용해 잔다르를 봉쇄해버렸지. 스타 로드와 그의 친구들은 로난이 그토록 무지막지한 무기를 사용하지 못하게 하려고 다크 애스터 함선에 올라타려 시도했지만 실패했소. 파워 스톤이 그 강력한 에너지로 로난을 철저히 보호하고 있었거든. 하지만 물러설 수 없었던 로난은 최후의 복수를 위해 가디언즈를 뒤에 이끌고 잔다르 행성 표면으로 내려왔지."

그때 지체 높은 감독관이 끼어들었다. "그런 후 스타 로드는 승리를 위해 노래와 춤으로 로난을 교란했습니다!" 그는 어색한 정적이 흐르는 가운데 방방 뛰고 빙빙 돌며 춤추기 시작했다.

"다 아는 이야기를 왜 들려달라고 한 거요?" 콜렉터가 툴툴거렸다.

지체 높은 감독관은 춤을 멈추고 자리에서 내려와 콜렉터의 얼굴에 자신의 얼굴을 들이밀며 말했다. "왜냐, 내가 이 상황을 주도하고 있으니까." 경박하고 장난기 가득한 말투였지만 속으로는 몸서리치게 질색하고 있었다. "내가 하라는 대로 해야 당신이 원하는 걸 줄 수 있어. 어서 이야기 끝내시지. 거의 다 했잖아."

콜렉터는 활짝 웃으며 계속했다. "로난의 코스미 로드가 산산조각이 났을 무렵, 스타 로드는 파워 스톤의 에너지를 받아 죽기 일보 직전이었소. 그때 스타 로드의 협력자들이 결집하고 나서서 자국 병력을 풀어 로난을 대신 처치해줬지. 스타 로드는 파워 스톤을 노바 군단에 안전하게 넘겨주었고, 그러자 노바 군단은 가디언즈의 범죄 기록을 삭제하고 다시는 문제에 연루되지 말라는 경고와 함께 풀어주었소. 이상이오." 콜렉터가 말했다.

"몇 부분 빼먹으셨네. 욘두랑 라바저스 나오는 부분요. 뭐 상관 없긴 하지만. 라바저스가 상당히 묘하거든요."

"어떻게 다 알고 있는 거요?" 그랜드마스터가 물었다.

"말했잖아요. 난 부자라니까. 각계각층의 사람들에게 돈을 주고 필요한 정보를 얻는답니다. 사실인지 아닌지는 모르죠. 이거 두 분께 제일 먼저 알려드리는데 노바 군단은 이제 파워 스톤을 갖고 있지 않아요. 확실해요. 타노스 손에 있죠. 전해 들은 이야기랍니다. 그런데 제 소식통들한테 다 물어봐도 그런 인물은 아무도 모르는 것 같더라고요. 혹시 아시나요?"

"오호. 알고 있다마다. 그렇지, 형제?" 그랜드마스터는 들떠서 대답하고는 콜렉터의 귀에 속삭였다. "우리 쪽에서 뭔가 좋은 정보를 줘야 인피니티 스톤을 줄 거 아냐. 무슨 말 하는지 알지?"

"그 거물에 대해서는 내 익히 알고 있소." 콜렉터는 눈을 굴리며 말했다. 대화를 끝내려고 안간힘을 썼다. "노바 군단은 파워 스톤 같은 물건을 소유할 자격이 없소. 바보 천치들이 운영하는 딱한 조직이지. 노바 프라임은 자격 미달 병사들이나 고용하고 자기 멋에 취해 있는 독선적인 광신 집단이라오. 자기네들이 벌려놓은 일 뒤처리도 못하는 주제에 은하계 문제에 간섭하는 게 말이 되나?"

그랜드마스터는 콜렉터를 툭 쳤다. "그렇긴 한데 그 거물, 그러니까 타노스라는 작자가 파워 스톤을 입수했다는 거 확실해? 타노스의 존재에 대해 대충만 알고 확실히는 몰랐었잖아?"

"아." 콜렉터는 생각을 짜내느라 애썼다. 그 의문의 사건에 대해 단 한 가지도 들은 바가 없었다. 우울함에 빠져 최근의 문제들에서 약간 물러나 있었다. 그 순간 머릿속에 뭔가 번뜩 떠올랐다. 어떤 종류의 이야기를 해야 지체 높은 감독자를 계속 몰입시킬 수 있을지 정확히 알고 있었다. "스타 로드는 타노스를 위해 파워 스톤을 훔쳤소. 그래, 바로 그래서였소."

"우후! 스타 로드여 영원하라." 지체 높은 감독관이 외쳤다.

콜렉터는 거짓말을 급조해내며 술술 말을 이어갔다. "스타 로드와 그의 장고들은 타노스가 갑자기 호출했을 당시 은하계를 돌아다니며 스톤을 찾고 있었소. 타노스는 파워 스톤을 원했고 누가 그걸 가져가야 할지 알고 있었지."

지체 높은 감독관은 눈이 초롱초롱했다. 흥분을 주체할 수 없는 모양이었다.

"스타 로드는 임무 완수를 위해 가디언즈를 떠나 노바 군단에 잠입했소. 그런데 계획대로 착착 나가려면 누군가의 도움이 필요했지. 예전에 어느 클럽 사장의 아들을 훈련시켜서 영웅의 길로 인도했었는데, 바로 그 영리한 청년을 조력자로 기용한 거요. 그 청년은 멋쟁이에 부자에다 천재였거든. 스타 로드는 이 청년을 전 우주에서 가장 신뢰했지. 둘은 노바 군단을 쳐부수고 파워 스톤을 빼내 타노스에게 넘겨주었고, 타노스는 승리를 축하하는 의미로 성대한 연회를 베풀었소." 지체 높은 감독관은 승리의 결말을 기다리며 손을 불끈 쥐고 있었다. 콜렉터가 다시 말을 이었다. "스타 로드와 그 청년은 그날 밤 흥청대며 연회를 즐긴 후 돌아왔지. 거기엔 가모라가 기다리고 있었소. 가모라는 그들의 업적에 감격했지. 스타 로드가 지겨웠던 그녀는 그 청년을 와락 붙잡더니 온 친구들이 보는 앞에서 격정적인 키스를 했지."

그랜드마스터는 못 견디고 포복절도했다. "하하하! 와 진짜 기막힌 이야기네! 시간에 쫓기지만 않아도 한 번 더 얘기해달라고 하고 싶군. 지체 높은 감독관께선 어째 만족하셨나?"

"여부가 있겠습니까." 지체 높은 감독관은 웃으며 말했다.

"그럼 이제 인피니티 스톤을 보여주시오." 그랜드마스터는 갑자기 전략을 바꿨다.

지체 높은 감독관이 손가락으로 딸깍 소리를 내자 보디가드 하나가 금속 상자를 대령했다. 지체 높은 감독관은 뚜껑을 열어 내용물을 자랑스레 보여줬다. 빛나는 주황색 돌이었다. "이게 그 빛좋은 개살구 같은 소울 스톤이죠. 보기만 하고 만지지는 말아요."

콜렉터는 의심의 눈초리로 돌을 주시했다. 소울 스톤의 행방이 묘연하거나 이보다는 훨씬 강력한 누군가의 보호 아래 있으리라 짐작했다. 하지만 어쨌든 갈망하고는 있었다. 기회를 포기할 수 없었다. 자신의 가방을 가져와 교환할 물건을 꺼냈다. "소원을 비는 광석인 '위싱 오어'요. 한번 던져서 깨트려보시오. 분명 마음에 들 거요.”

“추악하고 따분하게 생겼어.” 지체 높은 감독관이 이렇게 말하더니 위싱 오어를 집어서 벽으로 던졌다. 광석이 반으로 갈라지면서 조그만 도마뱀처럼 생긴 요정이 펑 하고 나왔다. 뱅글뱅글 원을 그리며 날아다니는 요정 때문에 현기증이 날 지경이었다. 지체 높은 감독관이 손을 들어 올리자 요정은 손바닥에 내려와 앉았다. “와!” 지체 높은 감독관은 숨을 헐떡였다.

“현명한 양반, 어서. 소원을 빌어.” 그랜드마스터가 말했다.

지체 높은 감독관은 맹렬하게 손뼉을 쳐서 요정을 때려잡아 순식간에 죽여 버렸다. 요정의 주황색 내장이 사방으로 튀었다. “위싱 오어 요정의 내장이 영롱한 무지갯빛으로 가득 차 있다는 건 누구나 아는 사실이죠. 이건 가짜예요. 저는 가짜를 안 좋아합니다.”

그가 그랜드마스터를 움켜잡자 콜렉터가 손을 잡아 저지했다.

“정말 이럴 거요?” 콜렉터가 지체 높은 감독관의 팔을 젖히며 말했다.

그랜드마스터는 소울 스톤이라고 하는 걸 상자에서 가로챘다. 그러자 반짝이는 주황색 페인트가 손바닥에 묻었다. “우리도 가짜 안 좋아해.” 지체 높은 감독관의 보디가드들이 슬금슬금 그랜드마스터 쪽으로 다가왔다. 그러자 그랜드마스터는 발끈했다. “나한테 손만 대봐. 가만히 안 둘 테니. 내가 누군지 알지? 무슨 일을 하는지도 알 테고. 모르면 너희 보스가 알려줄 거다. 내 최고의 팬이시니까. 날 건드리면 구덩이 속으로 아주 깊이깊이 쑤셔 넣어서 출구도 못 찾게 해줄 테다. 매일 아침 중노동을 시키고 밤에는 우리에서 싸우게 하고 잠은 딱 한 시간만 재울 거야. 온몸이 멍들고 피 나고 깨진다 해도 내가 상관할 바 아니지. 아니면 차라리 녹여서 죽여주지. 양초처럼 말이야. 내일 아침에 눈 뜨자마자 그리해줄까? 언제 내일이 좋겠어? 난 내일 온종일 한가해." 그러자 배불뚝이 보디가드 넷은 두 손 들고 뒤로 내뺐다.

지체 높은 감독관은 소파 위에 서 있다가 그랜드마스터와 눈이 마주쳤다. "난 당신이 아주 훌륭한 분인 줄 알았는데 이제 보니 한심하기 짝이 없네. 사카아르 주민들이 당신을 난처하게 만들었다는 이야기를 들었어. 그들에게 추방당해서 지금은 궁지에 몰린 벌레처럼 정신없이 설쳐대고 있지. 나를 잘 봐. 난 미래고 당신은 과거야. 당장 여기서 나가쇼, 한물간 괴짜 양반들. 지체 높은 감독관이 이렇게 말하잖아!"

콜렉터는 자리에서 일어나 어깨에 망토를 툭 걸치고 잠시 상황을 판단했다. 속았다는 생각에 화도 나고 좌절감도 들었다. 하지만 하늘이 무너져도 솟아날 구멍은 있었다. 경쟁자의 이름 하나는 건졌다. 타노스. 이제 해야 할 일은 그자를 찾아내 파멸시키는 거였다. 이런 생각을 하고 있자니 몸이 근질거렸다.

그러고는 고개를 기울여 나직하고 부드러운 목소리로 지체 높은 감독관에게 말했다. "우리는 오늘 사업차 여기 왔던 거였소. 당신이 어엿한 사업가일 거라고 생각했었는데, 지금 보니 우주와 관련된 당신의 가치는 제로에 불과하군. 뭔가를 성취하려는 의욕이 전혀 없어. 한낱 조무래기라서 어린애들 놀이 정도나 하고 있지. 난 애들과 거래 안 해. 나는 방금 내가 당신에게 해준 이야기를 직접 눈으로 보고 몸소 겪었어. 실제로 파워 스톤을 손에 넣어본 경험을 바탕으로 이야기했지. 물에 젖은 종이처럼 세상이 죽음과 파괴로 갈기갈기 찢기는 걸 목격했어. 그래도 좌절하지 않고 임무를 다하기 위해 꿋꿋이 여기 서 있지. 인피니티 스톤도 없는 판국에 여기 더 있다가는 내 시간만 허비하겠지만, 네가 뭔가 새로운 목적을 제시해주는군. 그래서 고맙게 생각해. 하지만 이것만은 꼭 알아둬. 머지않아 내가 이 건물을 불살라버리겠어. 즐거운 하루 보내도록.”

콜렉터는 그 방에서 당당하고 여유롭게 나왔다. 그랜드마스터도 뒤따라 나왔다. 홀로 외로이 있는 여주인에게 “안녕히 계십시오!”라고 인사하자 그녀는 경박하게 손을 흔들며 재잘거렸다. 형제는 현관문을 열고 거리로 나왔다.

“정말 힘이 되는 이야기였어.” 그랜드마스터가 발걸음을 재촉하며 말했다.

“좀 더 신속히 움직이자.” 콜렉터가 말했다.

“우리 온종일 걸었어! 발이 너무 아프네. 마사지가 간절해.” 그랜드마스터가 툴툴거렸다. “우리 잠시라도 쉬면서 다시 점검해보면 안 될까? 새로운 계획이 필요해. 그 인피니티 스톤이 분명 어딘가에 있어! 안 찾고 싶어?"

"두말하면 잔소리지! 감히 어떻게 그런 말을 하는 거야!" 콜렉터가 외쳤다.

펑!

클린튼의 쉼터 정문에서 불덩이가 터져 나왔다. 지체 높은 감독관과 보디가드들이 연기 가득한 클럽에서 뛰쳐나와 멍한 상태로 콜록콜록 기침을 해댔다.

"미잘라의 수집품 중에 소형 폭발 장치가 있기에 슬쩍했었거든. 작별 선물로 두고 왔지." 콜렉터가 말했다.

"그런 것 같았어. 이제 박물관으로 돌아가서 새로운 계획을 세우자." 그랜드마스터가 대꾸했다.

형제는 최대한 빨리 이동했지만 군중이 점점 불어나 거리를 빽빽하게 메우는 통에 움직이기 어려울 지경이었다. 곳곳마다 연회 분위기에 들떠 흥청대고 있었다. 군중은 춤을 추며 밤 분위기를 만끽하느라 클린튼의 쉼터에서 무슨 소동이 벌어지고 있는지는 신경조차 쓰지 않았다. 노웨어에서는 금요일 밤에 어딘가가 폭발하는 게 다반사였다. 콜렉터가 군중 틈을 비집고 들어가려는데 어깨가 떡 벌어지고 머리카락이 덥수룩하게 긴 한 생물체가 앞을 가로막고 있었다. 그랜드마스터는 그 짐승 같은 생물체를 밀치려고 하다가 잘 안 되자 좀 더 직접적인 접근 방식을 택했다.

"어서 꺼져, 멍청아!"

그러자 생물체가 뒤로 돌아섰다. 그는 노웨어에 누군가를 찾으러 왔는데 그 누군가가 바로 눈앞에 있었다. 행인이 반갑게 인사했다. "이런 기막힌 우연이 있나. 오늘 운이 좋은 날이네."

"나르타즈! 웬일이야?" 그랜드마스터가 외쳤다.

"당신이 내 격투 수당을 떼먹었잖아요. 받을 걸 받으려고 와 있지요."

"너, 나르타즈 모른다고 했잖아." 콜렉터가 그랜드마스터를 툭 쳤다.

"거짓말이었어." 그랜드마스터는 한숨을 쉬었다. 형제는 나르타즈를 따돌리기 위해 다른 방향으로 달아나려 했다. 앞에 골목이 보였다. 형제는 군중 속을 뚫고 골목으로 향했다. 나르타즈는 둘을 따라붙었다. 그는 플라즈마 소총을 장전하고 있었다. 형제는 모퉁이를 돌아 골목 안으로 들어갔다. 하필 거기서 최근에 만났던 얀과 캑커론 무리를 맞닥뜨렸다. 저녁 일찍부터 플라젠 우유 몇 통을 마시고 고성방가로 시끄럽게 굴던 무리는 콜렉터와 그랜드마스터를 보자 희열에 넘쳤던 감정이 싹 사라지면서 분노가 치밀었다.

"당신은!" 얀이 그랜드마스터를 가리키며 소리쳤다.

"어이! 그때 허락도 없이 네 자리를 꿰차고 있던 양반 아니신가?" 캑커론 우두머리가 그랜드마스터를 향해 말했다.

"그새 둘이 친구 된 거야?! 이 구린내 나는 똥통 행성, 지지리도 재수가 없네!" 그랜드마스터가 소리쳤다.

형제는 진퇴양난에 빠졌다. 난데없이 적들을 마주쳐 궁지에 몰리고 말았다. 그런데 때마침 지척에서 어떤 배달원 하나가 오토바이에 시동을 걸고 출발할 준비를 하고 있었다. 콜렉터는 위기에서 벗어날 기회다 싶어 오토바이를 붙잡으려고 부랴부랴 달려갔다. 콜렉터를 발견한 배달원은 예의를 갖춰 느릿느릿 입을 열었다.

"어머나! 콜렉터 맞으시지요? 누구신지 압니다." 배달원이 반가움에 손을 흔들었다.

그랜드마스터는 배달원의 머리를 탁 치고는 어색하게 오토바이에서 밀쳐냈다. "내가 고맙다고 해야 하지만, 솔직히 말하면 당신이 우리한테 고마워해야 해. 앞으로 네게 일어날 일 중에 가장 흥미진진한 일이 될 거야. 지금 우리 중대한 거래를 하고 있는 거거든."

형제는 오토바이에 뛰어올라 꼭 붙잡고 박물관을 향해 전력으로 질주했다.

Chapter

10

콜렉터는 박물관 문을 박차고 서재로 돌진했고 그랜드마스터가 그 뒤를 따랐다. 추격자들이 가까워지고 있어 일분일초가 급한 상황이었다.

"당장 치타우리의 블라스터를 가져와. 그리고 잔다르 불더 크러셔도 풀어줘서 저들을 어떻게 포식하는지 한번 감상해보자고." 그랜드마스터가 말했다.

사실 콜렉터의 관심은 딴 데 있었다. "아니, 그렇게 안 할 거야."

"그러면 인피니티 스톤을 왜 가지려고 해?! 내가 이 쓰레기 같은 행성에 처음 왔을 때 적당한 보디가드를 구했더라면 이런 대혼란을 안 겪었을 텐데. 스포드라도 데리고 있을걸. 아쉬워지려고 하네."

"나 좀 도와줘." 콜렉터는 이렇게 말하고 생각하는 의자로 갔다.

"지금은 의자를 새로 꾸밀 때가 아니라고!" 그랜드마스터가 소리쳤다.

"어서!" 콜렉터가 외쳤다.

둘이서 그 큰 의자를 들어 올리자 바닥에 비상구가 나타났다.

"이거 외부와 차단되는 패닉룸으로 연결된다고 말해줘." 그랜드마스터가 형제를 향해 말했다.

비상구가 열리고 철로 된 차디찬 발판이 올라왔다. 위쪽에 달린 손전등에서 어슴푸레한 붉은빛이 새어 나오고 있었다. 콜렉터가 가장 아끼는 재산, 바로 '에테르'였다. 그랜드마스터는 눈앞의 광경을 믿을 수가 없었다. 그런데 놀라움을 표하기도 전에 문제가 생겼다.

빠방, 우당탕!

나르타즈는 플라스마 소총으로 박물관 문을 뚫고 난입해 유유히 내부를 둘러보고 있었다. 얀과 캑커론들도 함께였다. 그랜드마스터와 콜렉터가 도망쳤을 때 우연히 마주친 것이었다. 서로 똑같이 두 명의 말썽꾼을 쫓고 있다는 사실을 알고, 나르타즈는 얀과 캑커론 무리에게 공동의 적을 함께 추적하자고 제의했다.

"그랜드마스터, 어디 계시나!? 여기 있는 거 다 알아. 와서 친구들한테 인사해야지." 나르타즈가 소리쳤다. 곧이어 지체 높은 감독관이 네 명의 보디가드를 대동하고 들어왔다. 모두 부당한 대접을 받았다는 배신감에 피비린내 나는 싸움을 벌이고 싶어 난리도 아니었다. 어느 누구도 한바탕 싸우기 전에는 박물관을 떠나지 않을 기세였다. 모두 박물관 메인 홀로 가서 콜렉터와 그랜드마스터를 대면했다.

"너희 둘 다 끝이야." 나르타즈가 으르렁댔다.

콜렉터는 차분하게 에테르 봉쇄 장치를 연 다음, 진동하고 있는 암흑의 물질을 공기 중으로 내보냈다. 쉬 하는 소리가 울려 퍼졌다. 그러자 진홍색 액체가 머리가 많이 달린 뱀처럼 순식간에 바닥을 타고 먹잇감을 향해 올라왔다.

침입자들은 에테르의 검은 덩굴손이 번개 같은 속도로 자신들의 몸을 휘감자 극심한 공포에 온몸이 굳었다. "제발 그만해!" 지체 높은 감독관은 에테르의 덩굴손이 보디가드들을 칭칭 감아 하나하나 목을 졸라 통째로 집어삼키는 걸 보고 경악했다. 검붉은색으로 변한 덩굴손은 그들 몸의 껍질을 벗긴 후 몸속 에너지를 남김없이 쪽쪽 빨아들이고는 다음 희생자들로 옮겨갔다. 암흑의 회오리가 캑커론 무리를 덮치더니 하나씩 차례로 내부를 갈기갈기 찢어 바닥에 산더미처럼 쌓아놓았다. 나르타즈와 얀도 예외는 아니었다. 에테르가 자잘한 못으로 분해되어 그들을 찔러대자 날카로운 비명이 박물관에 울려 퍼졌다. 비명이 끝도 없이 이어졌다. 생명력이 다 빨려 메말라버리고 몸은 아이들이 갖고 노는 봉제 인형처럼 축 처졌다. 그랜드마스터는 이 공포의 현장을 목격하고는 넋이 빠져 있었다. 에테르는 임무를 완수하고 다시 봉쇄 장치로 들어가 다음 식사 때까지 깊은 잠에 들었다.

형제는 적을 완패시키고 쾌재를 불렀다.

"노예!" 콜렉터가 목청껏 소리 질렀다.

킬란은 어두컴컴한 속에 우두커니 서 있었다. 한바탕 소동이 벌어지는 소리를 듣고 에테르의 덩굴손을 피해 숨어 있던 여자는 대살육의 현장을 목격하고 공포에 질려 온몸을 파르르 떨었다.

그랜드마스터는 숨을 헐떡이며 두려운 듯 떨리는 목소리로 말했다. "그게 말이야… 아름답고도 무서웠어. 넌 그걸 쭉 갖고 있었구나. 정말로 내내 갖고 있었어."

"물론이지. 에테르는 이 세상에 존재하는 가장 막강한 힘 가운데 하나야. 박물관의 손님들이 그걸 얼빠진 듯이 보게 놔두고 싶지 않아. 화젯거리가 되면 안 되거든." 콜렉터는 조소를 띠더니 화를 냈다. "노예! 지금 당장 여기로 와."

킬란이 서서히 어둠 속에서 빠져나오자 콜렉터의 눈에도 그녀의 모습이 들어왔다.

"시체들 치워." 콜렉터가 말했다.

"싫은데요." 킬란의 대답은 단호했다.

콜렉터는 킬란의 대답에 충격을 받고 고함을 질렀다. "뭐라고?!"

킬란은 어딘지 변해 있었다. 이렇게 평온한 모습은 처음이었다. 어깨에 지워졌던 무거운 짐이 달아난 듯했다.

"위대하고 강력한 콜렉터? 당신은 전혀 그런 부류가 아니야. 당신이 낮잠이나 퍼 자고 있을 때 난 당신의 그 잘난 영상을 보고 거래 장부를 읽어봤지. 믿을 만한 연락망도 구축했어. 커넥션을 만들었지. 내가 그렇게 똑똑하리라고는 상상도 못 했겠지. 나를 과소평가하느라 바빠서 눈치챌 여유가 없었으니까."

"그러니까 네 백치 같은 모습이 그런 척 연기를 한 거라고? 일종의 연막작전이었단 거냐? 그런 것 같지 않은데. 넌 촌뜨기 아이에 불과했고, 내가 모든 걸 다 해줬어."

"당신은 내 인생을 훔쳐갔어! 당신에게 난 한낱 물건에 지나지 않았지. 당신 수집품 중 하나일 뿐이었어. 당신이란 사람은 몸만 어른이지 사실 뼛속까지 어린애야. 물건을 사들여 공허한 속을 채우고 남에게 상처를 줘서 힘을 얻지. 하지만 날 두 번 다시는 못 괴롭힐 거야. 어림도 없지."

콜렉터는 박물관에 널브러진 시체 더미를 가리키며 고개를 내젓고 킬란을 향해 입을 열었다. "내가 방금 이 사내들을 상대로 어떤 위업을 달성했는지 확인하고도 그런 말이 나와?"

"그래 봤자 시시껄렁한 놈들과 한통속이 돼서 벌이는 장난질에 불과하지." 킬란은 허리띠에서 작은 대포를 꺼냈다. 콜렉터는 뭔지 당장에 알아봤다.

"소형 열전도반도체 충돌기!" 콜렉터의 목소리에 놀란 기색이 역력했다. "그거 어디서 난 거야?"

킬란은 웃었다. "펑고가 당신과 많이 닮았더라고. 필사적으로 덤비는 자세 말이야. 원하는 걸 확보하기 위해서라면 뭐든 못 할 게 없지. 나는 몇 주 동안 박물관에서 조금씩 물건을 훔쳐 펑고에게 팔았고, 그 돈으로 무기를 샀어. 당신이 늘 나를 감시하는 상황에서 자리를 비우는 게 녹록지는 않았지. 그때 도타키 해골을 찾아오라고 했을 때는 안심이 됐어. 사실은 내가 훔쳤거든. 그걸 훔쳐 전당포에 판 돈으로 이걸 샀지." 킬란은 기세등등하게 무기를 보여줬다. "당신을 파멸시킬 무기야."

"평고가 널 속인 거야. 그건 그리 대단한 무기가 아니라고." 콜렉터가 낄낄 웃었다.

"이제 거짓말 안 통해!" 킬란이 소형 열전도반도체 충돌기의 스위치를 올렸다. 부웅부웅 소리가 나기 시작하자 킬란은 충돌기를 콜렉터를 향해 조준했다. "당신은 냉혈한에 잔인하고 비열해."

"그래 다 맞는 말이야. 하지만 네가 무슨 수를 써도 부질없어. 무기나 내려놓으시지, 카리나. 당장."

"내 이름은! 킬란이라고!"

빵, 우당탕!

킬란은 소형 열전도반도체 충돌기를 발사했지만, 방아쇠가 오작동하는 바람에 역효과가 일어나고 말았다. 그 강력한 폭발력에 킬란은 뒤로 자빠졌다. 그와 동시에 유리관이 산산이 부서지면서 온통 끈적끈적한 진액 범벅이 되어버렸다. 킬란은 무사했지만 얼이 빠져 흐느끼기 시작했다. 주도면밀하게 계획했지만 결국 실패하고 말았다. 평고를 믿었는데 평고는 킬란을 여느 누구와 다름없이 속였다. 그걸 알고 나니 충격적이고 당혹스러웠다.

콜렉터는 바닥에서 점액질 범벅이 되어 흐느끼는 킬란을 보며 연민의 감정을 느꼈다. "어떻게 성취할지도 모르는 꿈을 좇아 친구도 가족도 없이 혼자 노웨어로 왔으니 당연히 힘들었겠지. 내가 그런 너를 길거리에서 구해줬어. 네게 임무도 줬지. 독립을 간절히 바라며 밤마다 괴로워했겠지만, 넌 그런 거 못해. 네 마음을 충분히 이해해. 내가 네 고통을 끝내게 해주렴. 오늘 널 해방해주마." 콜렉터는 에테르 보호 케이스를 손에 쥐고 다시 한번 쏠 준비를 했다.

"잠깐!"

그때 그랜드마스터가 손을 들고 외쳤다. 콜렉터는 동작을 멈췄고, 그 사이 그랜드마스터는 어떤 말을 해야 좋을까 고민하다가 입을 열었다. "그동안 내가 몇 가지 잘못 알고 있었던 게 확실해. 넌 에테르를 쭉 갖고 있었고 아주 손쉽게 사용할 수 있게 됐지. 그 덕분에 우리 목숨을 지키게 된 건 고마워. 그런데 잘 들어봐. 킬란을 그냥 보내줘야 하지 않나 싶어. 내가 네 입장이라면 두 번 생각 안 하고 킬란을 저세상으로 보냈겠지. 그래도, 너도 알다시피 넌 나와 다르잖아."

콜렉터는 흥분해 이를 악물고 말했다. "요점을 말해."

"참된 힘, 진정한 힘은 얻기 어려운 법이지. 내 말은, 지금은 '자비'를 베풀 때라는 거야."

"하하하! 반사회적 폭군께서 내게 자비를 베풀라고 권하는 거야?" 콜렉터가 키득거렸다.

"나를 그렇게 봤어? 흐음. 사실 그렇지 않아. 난 생존을 위해 할 수 있는 걸 할 뿐이고, 변명할 생각도 없어. 그래도 너한테 왜 이런 얘기를 하는지 잘 들어봐. 이 킬란이라는 생명체는 더는 위협이 안 돼. 네가 킬란이 가진 모든 걸 빼앗았잖아. 킬란이 네게 해를 주기 위해 이용할 수 있는 것마저도 모조리. 이제 와서 킬란을 없애버리면 킬란의 비난대로 넌 잔인하고 비열한 냉혈한이 될 뿐이야. 사실이든 아니든 나와는 상관없지만, 킬란의 예언이 들어맞는 일은 없어야지. 그러면 킬란이 이기게 돼. 이해가 되면 그렇다고 말해."

콜렉터는 그랜드마스터의 말을 곱씹었다. 오랫동안 힘에 집착했지만, 힘이 지닌 다양한 형태에 대해서는 잊고 있었다. 힘은 단순히 파멸하는 것이 아니다. 지배하는 것도 아니다. 힘은 뭔가를 만들어내는 능력이다. 남에게 여유 있게 내줄 수 있는 무언가를 선뜻 베푸는 것이 힘이었다. 또한 두려움에도 힘이 있다는 점을 새로운 각도에서 이해하게 됐다. 콜렉터는 킬란을 빤히 쳐다봤다. 얼마간 침묵이 흐른 뒤, 콜렉터는 주머니에서 육각형 메모리 디스크를 꺼내 던졌다. 킬란은 날아오는 걸 잡아 찌그러뜨릴 듯이 꽉 움켜쥐었다.

"내가 너라면 그걸 부수지 않을 거다. 그 안에는 유용한 정보도 있지만 그 이상의 가치가 들어 있거든. 너한테 맡기마. 이별 선물이야."

"당신의 그 사사로운 이야기며 망상따위에 관심이 있을 거라고 생각해?" 킬란이 퉁명스럽게 되물었다.

"얘야, 내 이야기가 아니라 우주의 이야기란다. 너는 존재하는 지조차 몰랐던 불가사의한 존재에 대한 답이 들어 있지. 조심해서 다뤄라. 그걸 망가뜨리면 누가 네 조국을 파괴했는지 절대 알수 없을 거야. 물론 나는 아니란다."

"그럼 이제 날 어떻게 할 작정이지?" 킬란이 웅얼거렸다.

"노웨어를 떠나거라. 그리고 다시는 돌아오지 마." 콜렉터는 망토를 어깨에 두르며 말했다. "속히 떠나렴, 킬란. 내 마음이 바뀌기 전에."

킬란은 일어나 머리카락에서 탄환 하나를 빼내 콜렉터의 발치에 던지곤 싱긋 웃으며 박물관 밖으로 달려나갔다. 여자는 아직은 자신의 미래가 어떻게 흘러갈지 가늠하지 못하고 있었다. 그저 이제 더는 자신이 저 미치광이의 소유물이 아니라는 것만 알고 있었다. 사실 그게 킬란에게 중요한 전부였다. 나머지는 차차살아가면서 결정해도 되는 것들이었다.

"마지막까지 당차네. 난 킬란의 그런 점이 좋더라. 이제 어디로갈까? 나중엔 어떤 모습이 될까도 궁금해. 상체 힘만 좀 강했더라도 내 보디가드로 삼으려고 했는데."

"킬란은 생존에 능해. 절실함만 있으면 뭐든지 되고 남을걸."

"난 네가 과거의 손실이나 뭐 그런 걸 메우려고 물건을 사들인다고 생각했는데 그게 아니지, 티반? 그런 광적인 수집벽 증세는네 본모습이 아니라 또 다른 자아일 거야. 선악의 이중성이나 극도의 추함 등등, 아마도 네 머리 한구석에 자리 잡은 작디작고 기기묘묘한 뇌 일부분에서 그런 성향을 관장하겠지." 그랜드마스터는 박물관에 널브러진 시체들을 흘끗 봤다. "이 난장판은 누가 정리하지? 클리턴의 쉼터에서 본 그 여주인을 고용해 봐. 일자리 찾고 있을 텐데."

콜렉터는 진이 빠져 긴 한숨을 내뱉었다. "이제 노예 들이는 건 그만둬야지. 장점보다 골치 아픈 점이 훨씬 많아."

"이제부턴 노예의 '노'자도 꺼내지 마. 고용 방식을 바꾸면 된다고." 그랜드마스터는 콜렉터의 작업대에서 뭔가 흔적을 발견했다. 처음 왔을 때는 못 봤던 거였다. 그랜드마스터가 놀라서 말했다. "우리가 옛날에 했던 아스트로 칩스 게임판이네. 오래도 간직하고 있었네. 결국 너도 감성이 살아 있긴 했군, 안 그래?"

"정신 산만해지기 전에 새로 뜯어고치고 있었어."

"바보같이 옛날을 그리워하는군." 그랜드마스터는 싱긋 웃으며 말을 이었다. "게임 한 판 하자. 마음도 좀 진정시키고." 그러곤 자리에 앉아 아스트로 칩스 게임판을 꼼꼼히 뜯어봤다. "설마 조작을 하지는 않았겠지. 너 지는 거 엄청 싫어하잖아. 참, 테스클라지언 티 있어? 자기 전에 족욕도 하고 싶은데. 그리고 거듭 말하지만 지하실 접이침대에서는, 그것도 잔다르 불더 크러서 옆에서는 절대로 안 잘 거야."

콜렉터는 형제의 수다에 점점 지쳐가고 있었다. "잠시라도 입 좀 다물고 있어. 우리를 짓누르던 부담도 날려버리고 우리를 괴롭히던 적도 무찔렀으니 이제 이 순간을 만끽해보자고."

"비록 인피니티 스톤은 찾지 못했지만 아직 우주는 젊잖아. 시간이 있어. 그리고 네겐 강력한 에테르도 있고. 아무튼 지금으로서는 그렇단 말이지."

콜렉터는 에테르를 꽉 움켜잡았다. 자신이 소유한 가장 소중한 물건. 손도 분노가 끓는 듯 진홍색으로 물들면서 욱신거렸다. 눈을 감고 마음을 비우니 적의 비명이 들렸다. 기운이 샘솟았다. 비로소 다시 강력해지고 뭔가를 지배하는 느낌이 들었다.

"타노스는 어떻게 생각해?" 그랜드마스터가 물었다. "타노스가 네게 접근하면 결말이 안 좋아질 수 있는데."

"올 테면 오라 그래. 누구든 다." 콜렉터는 에테르가 발산하는 그 격정적이고도 아름다운 자태를 보고 미소를 지으며 말했다.